Patricia McCormick arbeitete zunächst als freie Mitarbeiterin für verschiedene Zeitungen und Zeitschriften. Dann studierte sie Kreatives Schreiben und ist seitdem als Autorin tätig. Für ihre Romane erhielt sie zahlreiche internationale Auszeichnungen, u.a. den Gustav-Heinemann-Friedenspreis. Sie lebt mit ihrer Familie in New York, USA. Bei FISCHER sind von ihr folgende Bücher erschienen: ›Cut‹, ›Eine Sache unter Brüdern‹, ›Verkauft‹, ›Versehrt‹ und, zusammen mit Malala Yousafzai, ›Malala – Meine Geschichte‹.

Arn Chorn-Pond wurde als Sohn einer Künstlerfamilie in Kambodscha geboren. Nach der Machtübernahme der Roten Khmer 1975 wurde er in ein Kinderarbeitslager verschleppt. Er überlebte, weil er Propagandalieder für die Roten Khmer spielte. Als 1979 vietnamesische Truppen in Kambodscha einfielen, kämpfte er als Kindersoldat. Er erreichte schließlich ein Flüchtlingslager in Thailand und wurde später von dem US-Amerikaner Peter Pond adoptiert. Seither setzt sich Arn Chorn-Pond unermüdlich für die Menschenrechte ein. Er gründete unter anderem die Organisationen *Children of War* sowie *Cambodian Living Arts*, die den Erhalt der traditionellen kambodschanischen Kultur zum Ziel hat. Für sein Engagement wurde er mit zahlreihen Preisen geehrt.

Weitere Informationen zum Kinder- und Jugendbuchprogramm der S. Fischer Verlage finden sich auf
www.fischerverlage.de

Patricia McCormick

Der Tiger in meinem Herzen

Aus dem Amerikanischen
von Maren Illinger

FISCHER Taschenbuch

MIX
Papier aus verantwortungsvollen Quellen
FSC® C083411

Erschienen bei FISCHER Kinder- und Jugendtaschenbuch
Frankfurt am Main, Oktober 2016

Die amerikanische Originalausgabe erschien 2012
unter dem Titel ›Never Fall Down‹
bei Balzer & Bray, einem Imprint von Harper Collins, USA

Lektorat: Julia Hanauer
Satz: Dörlemann Satz, Lemförde
Druck und Bindung: CPI book GmbH, Leck
Printed in Germany
ISBN 978-3-596-81197-7

Als Arn Chorn-Pond elf Jahre alt war, übernahm das radikale kommunistische Regime der Roten Khmer die Macht in Kambodscha. Die gesamte Bevölkerung wurde in Arbeitslager auf dem Land deportiert. Familien wurden auseinandergerissen, und alle, auch die Kinder, mussten von früh bis spät auf dem Feld arbeiten, Gräben ausheben und Reis anbauen.

Zehntausende Menschen verhungerten oder starben an der harten Arbeit und an Krankheiten. Noch mehr Menschen wurden gefoltert, zu falschen Geständnissen gezwungen, ermordet und in Massengräbern verscharrt, die heute »Killing Fields« genannt werden.

Knapp zwei Millionen Menschen kamen ums Leben – ein Viertel der gesamten Bevölkerung Kambodschas. Es handelt sich um den schlimmsten Völkermord, der je in einem Land begangen wurde.

I

Battambang, Kambodscha
April 1975

Am Abend ist in unserer Stadt überall Musik. Bei den Reichen. Bei den Armen. Alle haben Musik.

Radios. Plattenspieler. Kassettenrekorder. Selbst die Rikschafahrer haben kleine Radios auf dem Lenker und singen für ihre Passagiere.

In dieser Stadt ist die Musik wie Luft, sie ist überall.

Alle Männer, alle Frauen gehen in den Park, um die neuesten Popsongs zu hören. Die Menschen in Kambodscha lieben Musik. Französische Liebeslieder. Amerikanischen Rock 'n' Roll. Die Beatles. Elvis. Chubby Checker. Die Frauen tragen Sarongs und gehen so leicht, als würden sie schweben. Die Männer tragen Hosen, haben das Haar glatt zurückgekämmt und rauchen Lucky Strikes. Die alten Männer spielen Karten. Die alten Frauen verkaufen Mangos, Nudeln und Armbanduhren. Die Kinder lassen Drachen steigen und essen Eis. Am Abend ist die ganze Stadt auf der Straße.

Mein kleiner Bruder und ich stehen vor dem Kino und singen. Wir tanzen auch Twist. *Twist again like we did last summer*. Zwei dünne Kinder ohne Schuhe und mit kaputten Hosen. Die Leute mögen es, wenn wir für sie singen, und geben uns sogar etwas Geld.

Heute sehen wir in der Menge eine dicke Frau, dick wie ein Sternapfel. Langsam schleichen mein Bruder und ich uns an sie heran und verstecken uns hinter ihrem Rock. Halten uns ganz leicht an ihr fest, damit sie nichts merkt, und tun so, als wäre sie unsere Mutter. Kinder, die mit ihren Eltern ins Kino gehen, müssen keinen Eintritt zahlen.

Im Kino sehen wir Amerika in Schwarz-Weiß. Wir sehen Flugzeuge, glänzende Autos und Frauen in kurzen Röcken, so kurz, dass man ihre Knie sehen kann. Ein Kriegsfilm. Es wird viel geschossen. Und ein bisschen geküsst. Wenn geschossen wird, klatschen mein Bruder und ich in die Hände. Wenn geküsst wird, halten wir uns die Augen zu.

Nach dem Film kommt das Beste. Dann machen wir unseren eigenen Film. Draußen im Park. Wir fliegen Flugzeug, wir schießen, wir sind Helden. Wie die Soldaten, die gerade im Dschungel kämpfen, südlich von der Stadt. Wir schießen hundertmal, sterben hundertmal. Dann hören wir ein Pfeifen, und in der Ferne wird der Himmel grellweiß. Die Palmen zittern und der Boden bebt. Plötzlich ist der Krieg echt.

Ich packe meinen kleinen Bruder an der Hand, und wir laufen und laufen. Bis zu dem Teich bei unserem Haus. Wir springen hinein, das Wasser reicht uns bis an die Nase. Wir verstecken uns. Hier kann uns nichts passieren.

* * *

Am nächsten Tag ist die Musik zurück und der Krieg wieder fort. Manchmal kommt der Krieg nahe, aber nie bis in unsere Stadt. Sie kämpfen fast immer weit weg, sagt das Radio, im Dschungel. Die Soldaten der Regierung kämpfen für den Prinzen. Wofür die anderen kämpfen, die Bösen, weiß ich nicht. Aber ich weiß, dass der Prinz ein mächtiger Mann ist. Ein mächtiger Mann mit wichtigen Freunden, zum Beispiel der Witwe des jungen amerikanischen Präsidenten. Und er hat eine schöne Tochter, die habe ich letzte Woche in der Zeitung gesehen, als sie und der Prinz nach China geflohen sind. Sie ist so schön, dass ich das Foto ausgeschnitten und mir übers Bett gehängt habe. Ich mache mir Sorgen, wie es ihnen in China geht. Das Essen der Chinesen riecht schlecht. Was kriegen sie zu essen? Wenn der Krieg so weitergeht, wie kommen sie wieder nach Hause?

Auf dem Markt sagt ein Soldat mit vielen Orden, dass die Soldaten der Regierung viel stärker sind als die anderen Kämpfer. Er hat einen Stiernacken und sagt, er kennt den Prinzen. Er sagt, der Krieg wird nur eine Woche dauern.

Er sagt, die Soldaten im Dschungel sind keine echten Soldaten. Nur Bauern in schwarzen Kleidern. Haben nicht mal richtige Stiefel. Bloß Sandalen aus alten Reifen. »Wir werden siegen«, sagt er. »Die zerquetschen wir wie Kakerlaken.«

Also versuche ich, mich nicht um den Prinzen zu sorgen. Stattdessen überlege ich, wie ich ein bisschen Geld verdienen kann.

* * *

Manchmal verkaufe ich Eis. Dafür braucht man eine Glocke. Eine kleine Glocke, die beim Gehen klingelt, damit die Leute wissen, dass man etwas verkauft. Ich bin arm, ich habe eine billige alte Büffelglocke. Sie ist zu groß, und der Klang ist nicht gut. Sie hängt wie ein alter Gong um meinen Hals.

Erst kauft niemand mein Eis. Weil ich zu arm aussehe. Also esse ich das ganze Eis selbst, bevor es schmilzt. Mir wird schlecht davon. Ich habe meine Lektion gelernt: Eis muss man schnell verkaufen. Und man muss weit gehen. Durch die ganze Stadt. Ich laufe so viel, dass ich die Stadt kenne wie meine Hosentasche.

Ein paar Kinder werfen Steine nach mir. Reiche Kinder. Kinder, die auf eine richtige Schule gehen, mit Tischen und einem Basketballkorb. Nicht in die Tempelschule, wo die armen Kinder wie ich hingehen. Dort muss man dem Mönch helfen, dann bringt er einem vielleicht etwas bei. Die reichen Kinder machen Grimassen und werfen Steine. Manchmal renne ich weg. Manchmal mache ich auch eine Grimasse. Und renne dann weg.

Aber bald lerne ich noch eine Lektion: Wenn ich was verkaufen will, schleiche ich mich aus dem Tempel und verkaufe meine Sachen, während die reichen Kinder in der Schule sind.

* * *

Wenn meine große Schwester Nummer eins, Chantou, mitkriegt, dass ich nicht im Tempel bin, wird sie böse. Sehr böse. »Arn«, sagt sie, »du musst öfter in den Tempel gehen. Du musst lernen, wie man singt und Schulaufgaben machen. Eis verkaufen ist für Leute aus der Unterschicht.«

Ich sage ihr nicht, dass die Mönche manchmal sehr gemein sind. Ich sage ihr nicht, dass wir die ganze Zeit arbeiten müssen und der Tempel nicht wie die richtige Schule ist. Ich sage ihr nicht, dass die Mönche oft böse werden und uns schlagen und beschimpfen.

Ich sage ihr auch nicht, dass wir Leute aus der Unterschicht *sind*.

Meine Schwester lebt immer noch in den alten Zeiten, als meiner Familie die Oper gehörte. Mein Vater war ein Star, meine Mutter auch. In unserem Haus, einem großen Haus an der Hauptstraße, kamen vor der Aufführung alle Sänger und Musiker zusammen und bereiteten sich vor. Mindestens vierzig Leute. Jeden Samstag eine Aufführung. Es war so voll, dass Leute auf dem Boden sitzen mussten. Unsere Familie war ein bisschen reich, ein bisschen berühmt.

Dann hatte mein Vater einen Motorradunfall. Schlug mit dem Kopf auf die Straße. Im Krankenhaus schrie er so laut wie in der Oper, wie auf der Bühne. Dann starb er. Meine Mutter konnte die Oper nicht allein weiterführen. Sie versuchte es. Aber ohne Operndirektor keine Oper. Sie musste weit weg gehen, nach Phnom Penh, dort singt sie jetzt und verdient ein bisschen Geld, während wir bei unserer Tante leben. Ich und mein Bruder und meine vier Schwestern. Meine Tante hat keine Kinder, sie liebt uns wie ihre eigenen, aber sie hat nicht genug Geld. Deshalb gehe ich in den Tempel und deshalb versuche ich, selbst mein Geld zu verdienen.

Ich sage nichts davon zu meiner Schwester. Soll sie denken, dass mein Verhalten sich nicht gehört. Ich will Geld verdienen, aber ich will auch Spaß haben. Vielleicht gehört sich das nicht. Für mich ist es okay.

Manchmal klaue ich Kokosnüsse. Manchmal lässt unsere Nachbarin mich in ihrem Garten Blumen pflücken, die ich verkaufe. Und manchmal spiele ich das Schuh-Spiel. Man kann es Glücksspiel nennen. Oder auch Sport. Egal.

Ich gebe dem obersten Mönch etwas Geld, damit ich den Tempel verlassen und spielen kann. Das kann man Bestechung nennen. Oder auch ein Geschenk.

Das Spiel ist einfach. Man malt einen Kreis auf den Boden und legt ein paar Münzen hinein. Dann wirft man einen Schuh. Trifft man das Geld, kann man es nehmen. Manchmal verliere ich, aber meistens gewinne ich. Und ich spiele nicht nur gegen Kinder. Ich werde so gut, dass ich oft gegen erwachsene Männer spiele, gegen die Rikschafahrer. Ich ärgere sie. Ich sage: »Ihr seid so fett, ihr könnt nicht über euren eigenen Bauch sehen!« Sie werden böse und schleudern wie verrückt ihre Schuhe. Und ich gewinne.

Kein anderes Kind hat so viel Geld wie ich. Davon kann ich gutes Essen für meine Familie kaufen. Gegrillte Bananen. Kokoskuchen. Mungobohnenpudding. Die besten Sachen gebe ich meinem kleinen Bruder Munny. Süßen Palmzucker, in ein Palmblatt gewickelt. Einmal, als ich meiner Tante und meiner Schwester etwas schenke, weinen sie. Keine Ahnung, warum. Ich frage: »Warum weint ihr?«

Sie wollen wissen, woher ich das Geld habe. »Woher hat ein kleiner Junge so viel Geld?« Sie kneifen mich und fragen, ob ich es gestohlen habe. Ich sage ihnen die Wahrheit, dass ich es gewonnen habe. Aber sie glauben mir nicht.

Sie gehen zum obersten Mönch. Mich nehmen sie mit, zerren mich am Ohr die Straße entlang. »Arn hat viel Geld«, sagen sie. »Woher hat er das?«

Der Mönch schüttelt den Kopf und tut bekümmert. Er erzählt ihnen vom Schuh-Spiel. Und er fügt hinzu: »Manchmal will Arn auch mir Geld geben, aber ich nehme es nicht an.«

Ich reibe mir das Ohr und denke: Du bekommst kein Geld mehr von mir.

* * *

In unserer Straße steht ein Baum, der kleine harte Früchte trägt. Der Büffelzeh-Baum. Wenn man ihn schüttelt, fallen die Früchte auf die Straße. Man schneidet sich ein Schilfrohr, steckt die Früchte hinein und fertig ist das Blasrohr.

Mein kleiner Bruder sagt, heute Abend schießt er unserer Schwester Sophea in den Hintern, weil sie unserer Tante verraten hat, dass wir im Kino waren. Sophea ist genau zwischen uns, jünger als ich, älter als er. Auf sie schießen wir am liebsten, denn dann flucht sie und sagt schlimme Wörter und am Ende schimpft meine Tante mit ihr, und nicht mit uns.

Ich lege die Arme um den Baum und schüttele ihn. Weit weg höre ich ein Geräusch wie Donnergrollen. Ich schaue zum Himmel und erwarte, dass der Regen wie ein Vorhang herunterkommt und überall Regenschirme wie Pilze aus dem Boden schießen. Ich erwarte das Ende der heißen Monate und den Beginn der Regenzeit. Aber es kommt kein Regen. Es kommen nur Lastwagen.

Viele Lastwagen. Jeeps und Panzer, aber auch ein Coca-Cola-Wagen, ein Bus und ein Müllauto. Alle voller Soldaten. Junge Männer. Dunkle Haut, grimmig, alle in Schwarz. Schwarze Kleider, die aussehen wie Schlafanzüge, schwarze Schirmmützen. Und rotweiße Tücher um den Kopf.

Die meisten sind Kinder, Jugendliche, einige kaum älter als ich. Kinder mit Sandalen aus Autoreifen. Kinder mit Gewehren. Mit Munition vor der Brust. Pistolen. Und Granaten. Einige Soldaten sind sogar Mädchen. Mädchen mit kurzen Haaren und zornigen Gesichtern.

Jetzt kommen aus allen Häusern Menschen. Sie jubeln, schwenken weiße Fahnen. Taschentücher, Bettlaken und Schals, alles weiß. Sie laufen zu den Autos und versuchen, die Soldaten anzufassen.

Neben mir steht ein Junge in Bluejeans, er hat die gleiche Frisur wie Elvis und winkt den Soldaten. Ich frage ihn, was los ist.

Er sagt, der Krieg ist vorbei.

Überall in der Stadt jubeln die Menschen und schwenken Fahnen. Ein Mann, wohl ein Koch, schwenkt einen großen Löffel und seine Schürze. Der Mann, der bei uns in der Stadt allen die Haare schneidet, schwenkt ein Handtuch. Eine alte Frau, die keine Zähne mehr hat, nur rosa Zahnfleisch wie ein Baby, versucht einen Soldaten zu küssen.

Autos hupen. Kleine Kinder rennen im Kreis. Sogar die Hunde jagen ihren eigenen Schwanz. Auch ich renne herum und verschwinde im Gewimmel. Ich weiß nicht, wer diese Soldaten sind, mit ihren Gewehren und Autos, aber es ist mir egal. Der Krieg ist zu Ende. Vielleicht kommt jetzt die Prinzessin zurück.

* * *

Alles ist still. Die Parade ist vorbei, die Menschen sind in ihren Häusern und kochen Essen. Im Radio sagen sie: »Gebt den Soldaten alles, was ihr habt. Zeigt ihnen eure Unterstützung.« Alle sind jetzt drinnen, nur ich nicht. In der Nähe unseres Hauses ist eine Schule, die Schule für reiche Kinder, mit dem Basketballplatz. Manchmal lehne ich mich dort an die Mauer, schaue durchs Fenster und versuche zu lernen wie die anderen Kinder. Buchstaben. Zahlen. Manchmal sagt der Lehrer: »Verschwinde!« Dann tue ich so, als wäre es mir egal, als wäre ich nur zufällig da. Aber heute ist keine Schule. Ich kicke mit meinem Fußball auf dem Schulhof.

An der Ecke stehen fünf Soldaten in ihren schwarzen Kleidern und rauchen. Vielleicht halten sie Wache. Sie sind noch ganz jung. Ich sage: »Wollt ihr spielen?«

Sie nehmen den Ball, als wüssten sie nicht, was sie damit anfangen sollen. Als hätten sie das Spiel noch nie gesehen. Ich denke: Vielleicht lässt sich da ein bisschen Geld machen. Aber sie spielen ganz ernst, ohne Spaß, und immer mit dem Gewehr auf der Schulter. Vielleicht doch keine gute Idee, mit diesen Jungs um Geld zu spielen.

Einer der Soldaten sieht einen Jungen auf einem Motorrad und ruft, er soll anhalten. Er geht an die Straße, um mit dem Jungen zu reden, und ich folge ihm. Ich weiß nicht, warum, einfach so.

Er sagt zu dem Jungen: »Lass mich auf deinem Motorrad fahren.« Aber der Junge sagt nein.

Das macht man nicht. Man verlangt nicht einfach von einem Fremden sein Motorrad. Deshalb sagt der Junge auch: »Nein, ich muss nach Hause.«

Ohne Vorwarnung schlägt der Soldat dem Jungen sein Gewehr auf den Kopf. Der Junge sackt zu Boden, als wären seine Beine abgeschlagen, dann fällt er in den Straßengraben. Er zuckt, und aus seinem Mund kommen Blasen. Dann rührt er sich nicht mehr.

Ich renne schnell weg, ich habe Angst. Ich erzähle meiner Tante, was geschehen ist, aber sie glaubt mir nicht. Sie gibt mir eine Orange und sagt, ich soll feiern, wie die anderen. Aber ich denke nur an das, was ich gesehen habe.

* * *

Am nächsten Morgen ertönt kein Gong aus dem Tempel, kein Mönch singt. Stattdessen höre ich ein seltsames Geräusch. Klingt wie eine laute Maschine. Ein Laster voller Soldaten fährt die Straße entlang. Sie rufen in ein Megaphon. »Wir sind die Roten Khmer«, rufen sie. »Wir sind das Rote Kambodscha.« Sie sagen, dass der Prinz zurückkommt und die Soldaten ihn am Flughafen empfangen sollen. »Alle Soldaten dieser Stadt«, sagen sie, »kommt mit uns.« Und dann kommen die Soldaten der Regierung aus den Häusern, einer nach dem anderen, in ihren grünen Uniformen. Uniform, Mütze, Stiefel. Manche tragen sogar ihre weißen Handschuhe. Und Medaillen. Sie haben sich rausgeputzt. Sind stolz. Sie mischen sich unter die jungen Männer in den schwarzen Kleidern.

Einer von ihnen ist ein alter ranghoher Soldat, der in einem großen Haus lebt. Seine Frau hält seinen Ärmel so fest, dass er kaum gehen kann. Eine andere Frau, jung und schwanger, winkt ihrem Mann mit einem weißen Taschentuch hinterher und weint. Ich halte nach dem Mann mit dem Stiernacken Ausschau, der gesagt hat, er kennt den Prinzen, aber ich sehe ihn nicht.

Ich folge den Soldaten in die Stadt und laufe zum Haus von meinem Freund Hong. Ich werfe einen Stein an sein Fenster. Hongs Eltern sind reiche Chinesen. Sie haben einen Laden und einen Vogel in einem goldenen Käfig. Hong hat ein eigenes Fahrrad, manchmal darf ich auf seinem Lenker mitfahren. Manchmal gehen wir zusammen Frösche fangen und manchmal spielen wir Krieg. Ich denke: Vielleicht will Hong mit mir den Soldaten folgen und den Prinz sehen. Und vielleicht lässt er mich auf seinem Fahrrad mitfahren.

Hongs Mutter kommt ans Fenster. »Verschwinde«, sagt sie. »Geh nach Hause.« Hong streckt den Kopf aus dem Fenster und macht ein trauriges Gesicht. Er sagt, seine Familie geht fort. Dann schließt seine Mutter das Fenster.

Kurz darauf kommen sie aus dem Haus und tragen alles weg: Kochtöpfe, Decken, Lampen, eine große Wurst an einer Schnur, Plattenspieler, Koffer, Teppiche, Nähmaschine und den Käfig mit dem Vogel.

»Kann Arn nicht mitkommen?«, fragt Hong seine Mutter. »Du hast gesagt, alle müssen gehen.«

Hongs Mutter ist ein bisschen verrückt. Vielleicht hat sie nicht mitbekommen, dass der Krieg vorbei ist.

Aber Hongs Familie hat einen Fernseher. Manchmal sind die verrückten Geschichten seiner Mutter doch nicht so verrückt.

Hongs Mutter sieht mich an. Dann die Wurst. Das Gesicht kenne ich. Meine Tante macht auch manchmal so ein Gesicht, wenn das Essen nicht für alle reicht.

»Ist schon okay«, sage ich. »Ich will hier sein, wenn der Prinz kommt.« In ihren Augen sehe ich ein bisschen Erleichterung.

Hong hält auf dem ganzen Weg zum Bahnhof meine Hand. Bevor sie fahren, steckt mir seine Mutter etwas Geld zu. Ich schaue dem Zug hinterher, bis nichts mehr von ihm zu sehen ist, nur noch Rauch in der Luft. Dann schaue ich nach, wie viel Geld sie mir gegeben hat. Mehr Geld, als ich in zwei Monaten als Eisverkäufer verdiene.

* * *

Jetzt habe ich keinen Freund und kein Fahrrad mehr, doch ich folge den Soldaten trotzdem. Die Straße, die aus der Stadt führt, ist lang und staubig. Sie führt übers Land, an dem Teich vorbei, an dem wir oft Frösche gefangen haben. Hong hatte immer ein bisschen Angst vor den Fröschen. Deshalb habe ich alles gemacht, habe einen kleinen Frosch an einen Stock gebunden und gewartet, bis ein großer Frosch kommt und ihn frisst. Der Kleine hat mir immer leidgetan, aber so fängt man nun mal sein Abendessen.

Von dem vielen Laufen, dem vielen Staub bin ich müde geworden. Ich lege mich unter einen Bananenbaum und ruhe mich aus. Das ist der perfekte Platz, wenn der Prinz in unsere Stadt kommt. Hier kann die Prinzessin mich gut sehen.

Ich träume, dass der Krieg doch nicht vorbei ist, ich höre Schüsse, vielleicht zehn, zwanzig Mal. Aber als ich die Augen öffne, höre ich nichts mehr. Nur einen Frosch im Graben, der nach seinem Freund ruft. Ich denke: Dich lasse ich laufen. Heute Abend habe ich Geld für ein richtiges Essen.

* * *

Die Roten Khmer marschieren zurück in die Stadt. Der Prinz und die Prinzessin sind nicht zu sehen. Die Soldaten in ihren grünen Uniformen auch nicht. Nur Rote Khmer. Die Menschen in der Stadt tuscheln miteinander und laufen in ihre Häuser. Die alte Frau des ranghohen Soldaten fällt auf die Knie. Die schwangere junge Frau verbirgt das Gesicht in ihrem Taschentuch.

Ich laufe nach Hause, um meiner Tante zu sagen, was ich gesehen habe. Als ich nach Hause komme, sehe ich den Stiernacken. Er gräbt ein Loch in den Boden. Er trägt Bauernkleider, die ihm zu klein sind, und vergräbt seine Uniform vor unserem Haus.

* * *

Am nächsten Morgen ertönt wieder das Megaphon. Es ist, als würde die ganze Stadt an unserem Haus vorbeilaufen. Es sind Tausende. So viele Menschen habe ich noch nie gesehen. Alle laufen. Männer, Frauen, kleine Kinder, alte Damen, alte Männer. Alle tragen Reis. Und Decken. Und Koffer. Ein Mann schleppt wie ein Büffel zwei schwere Wasserkanister an einem Stock über dem Rücken. Ein anderer hat die ganze Familie auf seinem Fahrrad. Es ist eine riesige Parade. Alle verlassen die Stadt. Wie Hong.

Sie gehen langsam, die Sonne brennt schon heiß. Und ich denke: Mist, dass ich kein Eis habe. Heute könnte ich viel Geld machen.

Noch ein Laster mit einem Megaphon. »Alle herhören!«, ruft ein Soldat. »Die Amerikaner kommen und bombardieren die Stadt!« Die Leute auf der Straße werden hektisch und fangen an zu rennen. »Macht euch bereit, die Stadt für drei Tage zu verlassen. Geht zwölf Meilen ins Landesinnere«, ruft er. »In drei Tagen könnt ihr zurückkommen.« Der Soldat fährt wie ein Verrückter, als hätte er nie zuvor ein Auto gesehen, hierhin, dahin, fast in die Menge hinein. »Keine Panik«, ruft er. »Die Amerikaner kommen!«

Ich verstehe nichts. Der Krieg mit den Amerikanern in Vietnam ist doch schon vorbei. Aber es ist mir egal. Ich finde, was heute passiert, ist aufregender als alles, was hier je passiert ist. Die Amerikaner kommen. Echte Flugzeuge. Ich denke an Hong, der mit seiner Mutter und der Wurst in den Zug gestiegen ist und nun alles verpasst.

2

Ich will zu meiner Tante, um ihr die Sache mit den Amerikanern zu erzählen, aber vorher bleibe ich vor dem Haus unserer Nachbarn stehen. Eine reiche Familie mit einem Mercedes und fünf Töchtern. Die Mädchen machen immer Hausaufgaben. Jeden Abend sehe ich sie am Fenster arbeiten. Manchmal klettere ich auf den Mangobaum in unserem Garten und schneide ihnen Grimassen.

Meine Schwester sagt immer, ich soll den Unsinn lassen. Reiche Leute würden sich nicht um arme Leute wie uns kümmern.

Aber eins der Mädchen hinterm Fenster streckt mir manchmal die Zunge raus. Sie ist so alt wie ich und trägt eine Brille. Ich glaube, ich bin ein bisschen in sie verliebt. Ich bin nicht sicher. Vielleicht ist sie auch ein kleines bisschen in mich verliebt.

Der Vater der reichen Mädchen steht neben seinem Mercedes und streitet mit einer Soldatin der Roten Khmer.

»Keine Autos«, sagt sie. »Fahrräder sind in Ordnung, aber keine Autos.«

Der Vater zieht sein Portemonnaie aus der Tasche und öffnet es. Aber die Frau verzieht nur abschätzig das Gesicht und zersticht seine Reifen mit dem Messer an der Spitze ihres Gewehrs.

* * *

Als ich nach Hause komme, versohlt mir meine Tante den Hintern. »Wo warst du?«, fragt sie. »Wir müssen weg. Sofort.« Sie sagt: »Trag dies« und »Trag das« und zeigt wie eine Verrückte auf alles Mögliche. Meine große Schwester Nummer eins, Chantou, hat all ihre Schulbücher und einen Sack Reis eingepackt. Meine anderen großen Schwestern – Maly und Jurami – tragen Decken und Essen, getrockneten Fisch und kleine Bananen. Meine Tante trägt einen Sack Holzkohle und eine Dose Sardinen. Meine kleine Schwester Sophea hat einen Eimer mit Eiern, und mein kleiner Bruder Munny hat den Daumen im Mund. Ich nehme einen kleinen Waschzuber, mein Foto von der Prinzessin und mein Blasrohr, und wir rennen alle aus dem Haus.

Ganz Kambodscha ist auf der Straße. Hunderttausend Menschen mit hunderttausend Sachen. Vor allem Reis. Aber auch alle möglichen verrückten Sachen. Ein kleines Mädchen, das noch seine blaue

Schuluniform anhat, trägt einen rosafarbenen Stoffhasen, fast so groß wie es selbst. Ein Mann in einem Anzug, wie man ihn in Amerika trägt oder in Frankreich, hat nur ein Baguette, eine Büchse Sardinen und eine Flasche Wein dabei. Eine alte Frau hat sich ein Seil um den Bauch gebunden und zieht einen Wagen, in dem ihr ganzer Hausrat ist. Ein Junge hat ein Ferkel an eine Leine gebunden. Eine alte Frau trägt einen goldenen Rahmen mit ihrem Hochzeitsfoto und viele Teetassen.

Ein Junge aus der Schule, bei der ich immer durchs Fenster gucke, ruft über die Menge hinweg nach mir. »Arn!«, ruft er. »Warte!« Dieser Typ ist ein Idiot. Ich besiege ihn jedes Mal im Schuhwerfen, und immer will er sein Geld zurück. Ich tue so, als könnte ich ihn nicht hören.

Er packt mich trotzdem am Ellbogen. »Mein Vater ist mit den Soldaten zum Flughafen gefahren«, sagt er.

Sein Vater ist ein ranghoher Soldat. Wahrscheinlich will er jetzt damit angeben, dass er die Prinzessin gesehen hat.

»Sie haben meinen Vater erschossen«, sagt er.

Wir bleiben beide stehen, obwohl die Menge uns weiterdrückt.

»Woher weißt du das?«

»Mein großer Bruder hat sich hinter einem Busch versteckt und es gesehen.« Seine Augen sind leer, er spricht mit einer komischen Stimme, nicht traurig, wie ein Roboter. »Sie haben ihn getötet«, sagt er. »Die Roten Khmer töten alle.«

Jetzt verstehe ich. Die Schüsse, die ich im Schlaf gehört habe, waren kein Traum. Sie waren echt.

* * *

Schwarzer Rauch vor uns. Wir gehen durchs Zentrum der Stadt, am Kino vorbei, und sehen ein großes Feuer im Park. Wo die feinen Leute abends spazieren gegangen sind, wo mein Bruder und ich so oft Twist getanzt haben, brennt jetzt ein riesiger Haufen Sachen: Radios, Fernseher, Plattenspieler, Platten, Bücher – alles brennt.

Wir laufen am Krankenhaus vorbei, und die kranken Leute kommen raus, mit zusammengekniffenen Augen, weil sie die Sonne so lange nicht gesehen haben. Alle in blauen Nachthemden, manche an einem Ständer mit Flüssigkeit in einer Flasche. Ein alter Mann wird von seiner Familie getragen. Mitten auf der Straße liegt ein Baby, ohne Hose, es brüllt wie verrückt, aber niemand hebt es auf. Diese Menge ist wie der Dschungel, ein Dschungel aus Ellbogen für einen Jungen wie mich. Alle drängeln und schubsen. Ich will mich am Rock meiner Tante festhalten, doch die Menge drängt sie weg, verschluckt meine ganze Familie. Die Menge trägt mich über die Brücke, als würden meine Füße nicht mal den Boden berühren, und spuckt mich auf der anderen Seite wieder auf die Straße.

Ich blicke zurück auf die Stadt, an der Hauptstraße die Palmen wie Zacken einer Krone, und all die Blumen, rot und golden wie Juwelen, und ich frage mich, was davon übrig bleibt, wenn die Amerikaner kommen.

* * *

Die Sonne ist eine weiße Flamme am Himmel, und die Straße ist staubig. Dreck in der Nase, in den Zähnen. Der Junge mit dem toten Vater hat Staub im Haar, in den Augenbrauen, er sieht aus wie ein alter Mann. Ich trage den Waschzuber auf dem Kopf, dadurch bin ich ein bisschen größer, vielleicht kann mich so meine Tante sehen. Manchmal versuche ich, ein Stück durch die Menge nach vorne zu laufen, um meine Tante zu finden. Aber der Zuber ist so groß und ich bin so klein. Ich werde langsamer, ich verliere sogar den Jungen mit dem toten Vater, und jetzt sind alle um mich herum Fremde.

Neben mir geht ein junger Mann mit seiner hübschen Frau, sie hat einen langen Zopf und einen großen schwangeren Bauch. Ich laufe neben ihnen und tue so, als wäre ich ihr Sohn. Nach einer Weile fühle ich, wie sich die Frau auf mich stützt. Sie ist zu schwach, um zu fragen, sie hält sich einfach fest. Also versuche ich, stark zu sein, wie ein starker Sohn, der einen Waschzuber tragen und seine Mutter stützen kann. Dann rutscht ihr Arm ab, und sie sinkt auf den Boden. Ihr Mann ruft nach einem Roten Khmer. »Meine Frau!«, ruft er, »sie braucht Wasser.«

Der Rote Khmer grunzt nur. Und zeigt mit seinem Gewehr, er solle weitergehen. Der junge Mann öffnet den Mund, um etwas zu sagen, und der Rote Khmer schlägt ihm mit dem Gewehr gegen die Wange. Der Mann fällt nach hinten, und die Menge verschluckt ihn. Er und seine schwangere Frau sind jetzt im Magen der Menge, und alle gehen einfach weiter.

Ich habe schon eine Lektion gelernt. Sei unsichtbar für die Roten Khmer.

* * *

Die ganze Zeit bleiben Leute zurück. Langsam, tonlos sinken sie an den Straßenrand. Ich sehe es und denke: Vielleicht kann ich das auch. Mich krank stellen und im Gras verstecken, bis alle vorbeigegangen sind. Dann kann ich nach Hause laufen und die Amerikaner und ihre Flugzeuge sehen. Wenn in drei Tagen alle zurückkommen, bin ich ein Held.

Neben der Straße ist ein Graben. Das perfekte Versteck. Aber da, wo ich mich verstecken will, liegt schon eine alte Frau, wie um auszuruhen. Ihre Augen sind offen, aber ohne Leben, wie ein toter Fisch auf dem Markt. Alle gehen vorbei und tun so, als würden sie nichts sehen. Ich habe Angst, aber ich mache es wie die anderen. Ich sage mir im Stillen, so sieht also ein toter Mensch aus.

* * *

Wir laufen Stunden und Stunden, und ich finde meine Tante immer noch nicht. Am Straßenrand liegen viele Sachen, die die Leute fallen gelassen haben. Einzelne Schuhe. Ein offener Koffer, aus dem Kleider herausquellen. Nähmaschine, Fahrrad, Spitzenstrumpf. Mein Blasrohr habe ich schon weggeworfen, ich weiß nicht mehr, wann. Und immer mehr Tote. Manche sterben einfach beim Gehen. Manche haben Blut auf dem Hemd, vielleicht wurden sie erschossen oder von dem Messer vorne an den Gewehren der Roten Khmer erstochen. Der Mann mit dem Baguette sitzt unter einem Baum, als würde er ein Schläfchen machen, aus seinem Mund kommt Blut. Ein kleines Mädchen in einem gelben Kleid liegt am Boden. Ihr Kleid ist schmutzig, als wären die Leute über sie gelaufen. Eine ganze Familie ist tot: Ein Mann hält sein Baby, unter ihm seine Frau, ihr Mund steht weit auf, als würde sie noch schreien.

An einem einzigen Tag kann ein Mensch sich daran gewöhnen, Leichen zu sehen.

Irgendwann als es dunkel ist, sagen die Soldaten, wir sollen anhalten. Ein paar Menschen legen sich auf der Stelle hin, mitten auf die Straße. Manche gehen an den Straßenrand. Sie breiten Decken auf dem Boden aus und fangen an zu kochen. Ich laufe herum, überall sind Schlafmatten und Menschen, und es riecht nach Essen. Endlich finde ich meine Tante. Meine Schwestern und mein Bruder sind dicht bei ihr, wie Küken um die Henne. Noch nie war ich so froh, sie zu sehen. Meine Tante versohlt mir ein bisschen den Hintern, als wäre sie böse, aber in Wahrheit hält sie die Tränen zurück, so froh ist sie, mich zu sehen. Dann gibt sie mir süße Milch zu trinken, Nestlé Dosenmilch, mein Kopf liegt auf ihrem Schoß, und ich bin so müde, ich kann nicht mal austrinken.

* * *

Am nächsten Tag geht es weiter. Wir sehen mehr Tote. Ein Baby, in einen alten roten Sarong gewickelt, nicht mal begraben, liegt einfach am Straßenrand. Ein großer Sack Reis auf den Schultern eines dicken Mannes ist aufgerissen, und Reiskörner rieseln heraus. Der Mann merkt es nicht, und die anderen Leute sammeln den Reis auf. Ich auch. Ich kratze ein paar Körner aus dem Staub und gehe weiter.

Wir sind jetzt tief im Landesinneren. Weiter, als ich je gegangen bin. Noch weiter als der Froschteich, an dem ich mit Hong war. Es ist sehr schön hier, viele blaue Fischteiche und grüne Reisfelder, alle quadratisch, wie auf einem Schachbrett, sehr ordentlich, sehr hübsch. In den Dörfern kein Mensch. Nur Hunde, die Müll fressen.

Wir kommen an ein leeres Feld. Ein Roter Khmer sagt, ein Teil der Leute, etwa tausend, kann hier bleiben und ein Lager bauen. Die anderen, sagt er, sollen weitergehen. Beim nächsten Feld können wieder tausend Leute bleiben. Der Rote Khmer wählt aus, wer bleiben kann und wer weitergeht. Beim nächsten Feld wählt er einen Mann mit einem Akkordeon und den Jungen mit dem Ferkel. Und den Jungen mit dem toten Vater. Der Junge tut mir leid, er hat keinen Vater mehr, so wie ich. Ich bin auch ein bisschen neidisch. Er muss nicht weiterlaufen. Außerdem kann er vielleicht manchmal das Akkordeon hören.

Dann sagt der Rote Khmer, dass wir anhalten dürfen. Er sagt, wir sollen Hütten bauen. »Fällt Bäume, nehmt Äste und Blätter«, sagt er. »Esst die Früchte, alles, was ihr findet. Der reiche Mann, dem das Land gehört, schenkt es der Revolution.«

Ich weiß nicht, was das ist, die Revolution. Aber ich denke: Dieser Rote Khmer ist nicht sehr schlau. Die Reichen jagen dich weg, wenn du etwas von ihnen willst. Nur die Armen teilen.

Noch drei Tage. Die Roten Khmer haben gesagt, in drei Tagen gehen wir zurück. Jetzt ist schon eine Woche um. Neujahr ist vorbei, vier Tage, an denen wir zu Hause Spaß gehabt hätten, gutes Essen gegessen, gespielt hätten.

Mein kleiner Bruder Munny läuft zu einem der Soldaten und fragt, wann wir nach Hause können. Ich habe Angst, dass der Soldat böse wird, aber er sagt nur das Gleiche wie vorher: »Noch drei Tage.«

Munny wartet drei Tage, dann fragt er den Soldaten wieder. »Noch drei Tage«, sagt er. Immer die gleiche Antwort, auch wenn die drei Tage längst um sind.

Und die ganze Zeit über noch immer keine Amerikaner, noch immer keine Bombe.

* * *

Eines Nachts kommen zwei Rote Khmer mit einem kleinen Buch in unsere Hütte. Wir haben sie schön hergerichtet, unter einem Banyanbaum mit starken Ästen, weichem Boden, überall Decken, sogar ein Kissen.

»Nennt uns die Namen dieser Familie«, sagen sie.

Meine große Schwester Nummer eins, Chantou, nennt unsere Namen so schnell, dass dem Typ mit dem Stift der Mund offen steht wie zum Fliegenfangen. Er umklammert den Stift wie einen Hühnerhals, als hätte er noch nie einen Stift gesehen, und notiert sich etwas in sein Buch. Wie ein kleines Kind. Ungeschickt.

»Aus welchen Verhältnissen kommt ihr?«, fragen sie. »Was habt ihr für Berufe?«

Meine Tante sagt nur, dass wir auf dem Markt Lebensmittel verkaufen. Sie sagt nichts von früher, als meiner Familie die Oper gehörte. Sonst gibt sie immer damit an; heute sagt sie nichts davon. Ich weiß nicht, warum. Die Roten Khmer schreiben alles auf.

»Jetzt werdet ihr Reis anbauen«, sagen sie. »Wir sind jetzt alle gleich. Es gibt keine Elite mehr. Auch die Leute aus der Stadt müssen Reis anbauen.«

Sie erklären nicht, warum. Sie gehen weiter zur nächsten Hütte.

* * *

Ich schleiche den Männern hinterher. Meine kleine Schwester Sophea auch. Sie droht, es meiner Tante zu sagen, wenn ich sie wegschicke. Außerdem meint sie, sie kann mich beschützen und aufpassen, dass ich nicht in Schwierigkeiten gerate. Sie ist ein kleines dürres Mädchen, aber sie ist mutig und kann auf Bäume klettern und fluchen, also lasse ich sie. Wir verstecken uns hinter einem Busch, als die Roten Khmer in die nächste Hütte gehen. Es ist jedes Mal das Gleiche. »Nennt uns eure Namen«, sagen sie. »Sagt uns eure Berufe.« Und sie schreiben alles in ihr Buch.

Manchmal fragen sie auch nach anderen Leuten im Lager. »Der Mann nebenan. Ist der ein Lehrer? Ein Arzt? Ein Soldat?«, fragen sie. »Nennt uns die Namen von allen, die zur Elite gehören.«

Sie nehmen den Leuten auch ihre Sachen weg. Taschenlampen, Stifte, Spielsachen, Fotos, Geld und Armbanduhren. Einer der Roten Khmer hat nun sechs oder sieben Uhren am Arm. Ich sehe, wie ein alter Mann seine Uhr wegwirft, bevor ein Roter Khmer sie ihm wegnehmen kann. Eine Frau vergräbt ihren Ring im Sand. Ich nehme mein Bild von der Prinzessin und verstecke es unter meiner Schlafmatte.

Als die Roten Khmer in die Hütte des Stiernackens kommen, sieht er zu Boden. Er nennt einen komischen Namen, nicht seinen eigenen, und sagt, er ist Bauer. Einer der Soldaten, der, der den Stift so komisch hält, schreibt sofort mit. Doch ein anderer Soldat hält dem Mann die Spitze seines Gewehrs unters Kinn. Der Stiernacken hebt den Kopf.

»Aber deine Haut ist so hell, Kamerad«, sagt er.

Der Stiernacken sagt nichts.

Der Soldat tut so, als würde er zu den anderen Soldaten sprechen, aber eigentlich spricht er sehr laut, damit alle ihn hören: »Das hier ist kein Mann, der jeden Tag unter der Sonne gearbeitet hat. Das hier ist ein Mann, der lügt.«

Sie fesseln ihm die Hände und nehmen ihn mit.

Die Roten Khmer wollen die Namen und Berufe von allen hier wissen. Die Roten Khmer selbst sind alle gleich. Alle in schwarzen Uniformen. Alle mit grimmigen Gesichtern. Alle heißen »Kamerad«. »Kamerad Soldat«, »Kamerad Ältester«, »Kamerad Koch«.

In Gedanken gebe ich ihnen Namen. Der, der stiehlt, ist »Kamerad Armbanduhr«. Und den, der sich den ganzen Tag die Nägel saubermacht, nenne ich »Kamerad Faulpelz«.

Sie sagen »Kamerad dies« und »Kamerad das«, weil wir nicht ihre richtigen Namen erfahren sollen.

* * *

Alle arbeiten jetzt jeden Tag auf dem Feld. Wir heben Gräben aus und pflanzen Reis, die Arbeit ist schwer und die Sonne brennt heiß. Alle: Kinder, Alte, alle arbeiten zusammen. Man darf nur eine Pause machen, um zur Latrine zu gehen oder ab und zu etwas Wasser aus dem Fluss zu holen. Einmal, als ich Munny zum Pinkeln bringe, sehe ich am Waldrand einen großen Müllhaufen. Haushoch. Frisch, wie gerade geschaufelt. Es riecht nicht gut. Süßlich und faulig. So etwas habe ich noch nie gerochen.

* * *

Die Roten Khmer messen für jede Familie Reis in einer Dose ab. Eine halbe Dose pro Familie. Manchmal auch etwas Salz. Unser Reis ist fast aufgebraucht. Nur noch ganz wenig übrig. Zwanzig Körner oder so.

Meine Tante gräbt im Boden. Vielleicht nach Pilzen, denke ich. Vielleicht nach Kräutern. Oder essbaren Pflanzen. Für die Suppe. Sie kommt zurück in die Hütte und hat nur etwas Dreck in den Händen.

»Sonst wird die Suppe nicht dick«, sagt sie.

* * *

Die Roten Khmer gehen in die Hütte neben unserer, schauen in ihr kleines Buch und sagen dem Vater, dass er rauskommen soll. Sie sagen, ein Ochsenwagen ist im Schlamm stecken geblieben. »Du«, sagen sie zu dem Vater, »komm und hilf uns.«

Der Mann ist Lehrer, Mathelehrer an der Schule für die reichen Kinder. Ein dünner Mann, dicke Brille, keine Muskeln, zarte Hände. Warum bitten die Roten Khmer nicht einen starken Mann um Hilfe? Einen Bauern oder einen Arbeiter vom Hafen?

Seine Frau fängt an zu weinen, aber der Mann sagt, sie soll ruhig sein. Sehr langsam, als ginge er zu einem wichtigen Treffen, steckt er sich das Hemd in die Hose, streicht sich die Hose glatt und kämmt sich die Haare. Dann küsst er jedes Kind langsam auf den Kopf. Seine Frau küsst er zuletzt. Dann geht er mit den Soldaten.

Drei Tage vergehen, und der Mann kommt nicht zurück. Der Müllhaufen im Wald wird jeden Tag größer. Sie erklären nichts, aber ich verstehe, was sie tun. Sie töten alle, die reich oder wichtig waren. Alle mit einer guten Ausbildung. Soldaten, Lehrer, Ärzte und Musiker. Die Armen lassen sie in Ruhe. Die Welt steht Kopf. Auf einmal ist es nicht mehr gut, reich zu sein. Arm zu sein, kann dein Leben retten. Die Liste in dem schwarzen Buch entscheidet darüber, wer lebt und wer stirbt.

* * *

Die ganze Zeit hört man Mädchen schreien, sieht Mädchen wegrennen, Mädchen weinen. Meistens nachts, manchmal auch tagsüber. Die Roten Khmer fangen die Mädchen ein und schneiden ihnen die Haare ab. Mal mit der Schere, mal mit dem Messer. Kurz bis ans Kinn, wie Jungen. Die Mädchen weinen, manche laufen weg. Wenn sie weglaufen, ist das nicht gut. Mal schießen die Roten Khmer, mal zerren sie sie hinter die Büsche und machen mit ihnen, was sie wollen. Hinterher ziehen viele Mädchen an ihren Haaren, als könnten sie sie langziehen, als würden sie dann wieder lang und schön.

Meine große Schwester Nummer zwei, Maly, hat Haar wie Seide. Sie ist sehr stolz darauf. Glänzend schwarz, fast blau, wie eine Krähe. Sie kämmt es jeden Abend und jeden Morgen. Manchmal kämmt sie es auch einfach so und träumt vor sich hin, denkt vielleicht an den Jungen, in den sie verliebt ist. Eines Morgens wache ich auf und sehe sie den Reis kochen. Ihr Nacken liegt frei, die Haut ist ganz blass, war noch nie an der Sonne, ihre langen Haare sind ab. Letzte Nacht, als ich geschlafen habe, haben die Soldaten ihr schönes Haar abgeschnitten. Sie gibt mir eine Schale Reissuppe, und ihre Augen blicken zu Boden.

* * *

Heute teilen die Roten Khmer uns in zwei Gruppen auf. Eine Gruppe Männer, eine Gruppe Frauen. Sie sagen: »Zieht euch aus.« Mein Bruder und ich bedecken uns mit den Händen. Ein Mann neben uns öffnet seine Hose, zieht sie aus und faltet sie ordentlich zusammen. Sehr langsam. Sehr ängstlich. Dann sehe ich eine Pfütze neben seinen Füßen. Er hat vor Angst auf den Boden gepinkelt.

Die Roten Khmer nehmen die Kleider an sich, durchsuchen die Taschen und legen alle Hosen und Hemden auf einen Haufen. Dann geben sie allen schwarze Anzüge wie die, die sie selbst tragen, und schicken uns zurück an die Arbeit. Wir gehen ins Lager und sehen, dass alle Frauen und Mädchen jetzt auch schwarze Kleider tragen. Tausend Leute, alle gleich.

Dann gehen wir an die Arbeit, wie tausend schwarze Ameisen im Feld, und wir riechen das Feuer. Unsere alten Kleider, unser altes Leben, der ganze große Stapel brennt. Bald ist alles weg.

* * *

Am Abend rufen uns die Roten Khmer oft zur Versammlung. Wir arbeiten den ganzen Tag und abends müssen wir zur Versammlung. »Brüder, Schwestern«, sagt der Mann mit dem Megaphon. Seine Wangen sind dick wie Mangos, und seine Stimme ist freundlich und heiter. Er sieht aus wie ein Großvater. »Kameraden, heute beginnt eine neue glückliche Zeit. Jetzt leben wir alle gleich, es gibt keine Armen, keine Reichen mehr.«

Er sagt, wir müssen alles aufgeben, was wir besitzen. »Jetzt gehört alles der Angka«, sagt er. Jeder Topf und jede Pfanne und jeder Löffel. »Habt keine Angst«, sagt er. »Die Angka wird sich um alle eure Bedürfnisse kümmern.«

Ich kenne dieses Wort nicht, Angka, aber ich habe gelernt, keine Fragen zu stellen.

Dann kommen die Soldaten und nehmen alles mit. Töpfe. Pfannen. Decken. Kissen. Eimer. Spielzeug. Fischnetze. Wagen. Laternen. Alles. Meine Schwester Chantou gibt ihre Schulbücher her, dabei laufen ihr Tränen übers Gesicht, und meine Schwester Maly muss ihre Bürste abgeben. Ich gebe mein Bild von der Prinzessin ab.

Jetzt ist unsere Hütte leer. Nichts mehr darin. Nur noch Menschen.

* * *

An diesem Abend gibt es ein großes Fest. Reis und Fisch und Suppe mit Zitronengras. Wir essen alle zusammen. An einem langen Tisch in einer langen Hütte. Es gibt viel Essen. Alles wird geteilt. Der Mann, der wie ein Großvater aussieht, lächelt wie ein Buddha. Aber die Soldaten halten ihre Gewehre auf uns gerichtet.

* * *

Am nächsten Tag wecken sie uns um vier Uhr morgens. Wir arbeiten, bis es dunkel wird. Zum Abendessen gibt es Reissuppe mit Salz.

* * *

Es gibt im Lager keine Büffel, deshalb müssen wir Kinder den Reis treten, bis die Hülsen platzen und die Körner freiliegen. Wir stampfen hin und her, hin und her. Harte Arbeit. Langweilig. Und es ist heiß. Außerdem tun die Füße weh.

Ein Mädchen, die Haare kurz wie alle anderen, streckt mir die Zunge raus, als der Wächter nicht guckt. Ich kenne sie. Es ist die Tochter unserer Nachbarn, die mit dem Mercedes. Die jüngste. Ich strecke ihr auch die Zunge raus. Wir arbeiten weiter, treten Reis, und ich streife ihren Arm. Darauf kneift sie mich. Und ich denke: Okay, das ist Liebe.

Dann brüllt plötzlich ein Wächter »Halt!«. Wir sehen einen Mann sehr schnell übers Feld laufen, weg von den anderen, die einen Graben ausheben. Ich kenne diesen Mann. Er hat immer mit meiner großen Schwester Nummer drei geflirtet, Jurami, und uns manchmal auf seinem Fahrrad mitgenommen. Er rennt im Zickzack übers Feld, und der Wächter schießt, aber er trifft nur in die Luft. Dann verschwindet er im Dschungel.

Das reiche Mädchen blinzelt, als könne es nicht so weit sehen.

»Wo ist deine Brille?«, frage ich.

Sie schaut mich böse an und sagt, ich soll den Mund halten. Dann flüstert sie: »Die Roten Khmer töten Menschen mit Brille. Wer eine Brille hat, ist bestimmt reich und geht auf eine gute Schule.« Sie zwinkert mir zu. »Wenn die Roten Khmer dich nach meiner Familie fragen, sagst du, dass wir arm sind, okay?«

Ich sehe sie an. Ihre Augen sind schlecht von all dem Lesen im Dunkeln. Ihr Bauch ist rund. Ihre Haut weich. Ich denke: Das wird niemand glauben. Aber ich sage, okay.

Am Abend tuscheln alle über den jungen Mann, der weggelaufen ist. Meine Schwester Jurami sitzt die ganze Nacht vor der Hütte und schaut zum Dschungel, als würde sie auf ihn warten. Ich sehe ihn im Traum. Keine Kugel kann ihn treffen. Ich denke: Er hat sich den ganzen Tag im Dschungel versteckt und jetzt, im Dunkeln, schleicht er zur Straße. Läuft ganz vorsichtig, ganz leise zurück nach Hause.

* * *

Eines Tages kommen die Roten Khmer, um den Vater des reichen Mädchens zu holen. Sie sagen, er hat eine besondere Fähigkeit, sie brauchen ihn. Am Abend sehen wir ihn nicht. Am nächsten Tag ist die ganze Familie verschwunden, die Suppe steht noch auf dem Feuer.

* * *

Mein Bruder bekommt einen aufgeblähten Bauch, voller Luft, weil es nichts zu essen gibt. Nachts weint er, er bettelt, er sagt: »Arn, weißt du noch, der Palmzucker, den du mir gekauft hast? Erzähl, wie er aussieht, wie er schmeckt.« Ich sage nein, ich erkläre ihm, wenn er daran denkt, wird es noch schlimmer. Einmal, als Kamerad Faulpelz seine Fingernägel reinigt, pflücke ich Minze auf dem Feld und stecke sie heimlich in die Tasche. An diesem Abend schlafen mein Bruder und ich mit einem Minzblatt im Mund ein, und in unserem Kopf sind es Bonbons.

* * *

Meine Schwester Jurami sitzt jeden Abend vor der Hütte und hält Ausschau nach dem geflohenen Mann. Tagsüber auf dem Feld sieht sie hundertmal zum Waldrand, und ihre Augen warten.

* * *

Ein alter Mann, der mit den anderen Männern einen Graben aushebt, fällt auf den Boden. Er weint, er sagt, er ist zu alt für diese harte Arbeit. Ein Roter Khmer kommt und sagt: »Du willst nicht mehr arbeiten? Gut. Ich bringe dich an einen Ort, an dem du dich ausruhen kannst.«

Wir sehen den alten Mann nicht wieder. Aber der Müllhaufen im Wald wird immer größer. Größer, und der Geruch immer schlimmer. Es riecht faulig. Und nach Gas. Überall sind Fliegen. Der Haufen ist schon groß wie ein Berg.

* * *

Heute Abend ist wieder eine Versammlung. Manchmal dauern diese Versammlungen vier Stunden. Immer redet irgendjemand über die Angka. Manchmal sind wir so müde, dass wir einschlafen. Aber aus

Angst, dass die Roten Khmer es sehen, schlafen wir mit offenen Augen.

Heute Abend nimmt ein Roter Khmer, einer der Anführer, Geldscheine und reißt sie in Fetzen. Dafür wache ich auf. Um jemanden zu sehen, der so verrückt ist, Geld zu zerreißen. »Wir brauchen kein Geld mehr«, sagt er. »Keine Schule, keinen Laden, keine Post, keine Religion. Und wir brauchen nichts von den Amerikanern, den Imperialisten. In Kambodscha ist jetzt das Jahr null.«

Niemand darf bei diesen Versammlungen reden. Aber eine alte Frau murmelt: »Er ist nicht der Prinz. Der Prinz ist der Einzige, der das entscheiden darf.«

Ich denke: Jetzt bringen die Roten Khmer sie um, aber der Anführer macht nur sein Buddha-Gesicht. »Die Angka«, sagt er, »sieht in dein Herz. Der Prinz hat zwei Augen. Die Angka hat so viele Augen wie eine Ananas.«

* * *

Angka. Das Wort hören wir jetzt die ganze Zeit. Die Angka wird die Korruption beenden. Die Angka wird die Reisernte verdoppeln. Die Angka wird herausschneiden, was krank ist. Die Angka wird Kambodscha zu neuer Größe führen. Die Roten Khmer erklären das Wort nicht, sie sagen nur, dass die Angka jetzt für das Land verantwortlich ist und dass wir klatschen müssen, wenn wir das Wort hören. Kein normales Klatschen. Alle fangen gleichzeitig an, alle hören gleichzeitig auf.

* * *

Wir sind jetzt seit drei Monaten an diesem Ort. Meine Schwester Jurami hat ein altes Gesicht bekommen, und ihre Augen warten nicht mehr. Jeden Tag lassen die Roten Khmer Menschen verschwinden. Meine Schwester verschwindet jeden Tag ein bisschen.

* * *

Die Roten Khmer organisieren alles. Dann organisieren sie alles noch einmal um. Sie bilden zwei Gruppen: die Basis und die Neuen. Zur Basis gehören die guten Menschen, die Bauern vom Land. Die roten Khmer sagen, sie sind hart wie Diamanten. Die Neuen, die Leute aus der Stadt, sind schlecht, unrein und faul, wie die Imperialisten, die Amerikaner. Verweichlicht durch ein zu gutes Leben.

Die Basisleute bekommen zwei Portionen Reissuppe, die Neuen nur eine. Basisleute sind stark. Neue Leute sind schwach. Aber auf den Reisfeldern machen die Neuen Leute die Arbeit, die Basisleute gucken zu.

Wir arbeiten etwa einen Monat lang so, dann organisieren die Roten Khmer uns neu. Neue Arbeitseinheiten, sagen sie, Männer mit Männern, Frauen mit

Frauen, Kinder mit Kindern. Jede Einheit soll auf ein anderes Feld. Die Männer auf ein Feld, die Frauen auf ein Feld, Kinder in meinem Alter auf eins, kleinere Kinder wie meine Schwester Sophea auf ein anderes. Kinder, die fast erwachsen sind, wie meine drei großen Schwestern, auf ein anderes Feld. Kinder, die zu klein sind zum Arbeiten, so wie mein Bruder Munny, sollen zur Schule. Alle Familien werden getrennt, die Eltern müssen ihre Kinder der Angka überlassen.

»Nehmt nur mit, was ihr am Leib tragt«, sagen sie zu uns. »Die Angka kümmert sich um alles.«

Außerdem sagen sie, dass wir nur drei Tage lang weg sein werden.

* * *

Solange wir bei der Versammlung sind, machen wir alle unser Gesicht aus Stein. Aber als wir wieder in unserer Hütte sind, fangen meine Schwestern an zu weinen. »Nicht weinen«, sagt meine Tante sehr streng. »Weint nur in Gedanken.«

Dann nimmt sie uns in die Arme. »Tut alles, was sie sagen«, flüstert sie. »Seid wie das Gras. Beugt euch tief, tief, noch tiefer. Wenn der Wind in eine Richtung weht, beugt euch mit ihm. Bläst er in eine andere Richtung, folgt ihm nach. So werdet ihr überleben.«

Doch später, als alle schlafen, höre ich meine Tante. Ihre Tränen strömen wie Regen.

3

Wir laufen drei Tage lang. Eine lange Reihe Kinder, alle in Schwarz, eine schwarze Schlange mit fünfhundert Augen. Ich bin so müde, meine Beine sind schwer wie Steine, meine Gedanken nur beim nächsten Schritt, dann noch ein Schritt, nur laufen, nicht denken, nicht fühlen. Mehrere Kinder sterben auf dem Weg. Sie sterben beim Gehen. Manche Kinder weinen nach ihren Eltern oder sagen, dass sie müde sind oder hungrig. Sie werden erschossen oder mit dem Bajonett erstochen. Wir sehen gar nicht hin. Wir laufen weiter.

Jetzt ist Regenzeit, und der Weg ist ein Fluss aus Matsch. Nachts ist es sehr kalt, und wir haben keine Decken, nur unsere dünnen Anzüge, deshalb schlafen wir alle dicht beieinander, um uns warm zu halten. Dies ist auch die Jahreszeit, in der man Malaria kriegen kann, und wir werden andauernd von Mücken gestochen. Nachts will ich manchmal um meine Familie weinen, aber ich denke an die Worte meiner

Tante, ich weine nur in Gedanken. Tags ist es sehr heiß, die Feuchtigkeit dampft, und ich denke, ich werde verrückt. Ich kann nur an eins denken. An Eis.

* * *

Nach dem langen Marsch kommen wir zu einem Tempel. Es ist ein großer Tempel auf dem Land mit einem roten geschwungenen Dach und vielen Gebäuden drum herum. Lange Holzhäuser für die Mönche und Nonnen, jetzt alle leer. Ein riesiger Tamarindenbaum. Ein Teich mit Wasserspinat und Welsen. Und ein Mangohain. Ruhig, sehr ruhig ist es hier, und Buddhas Augen auf dem Tempeldach sehen alles.

Die Roten Khmer sagen, wir sollen uns hier hinsetzen, auf den großen Platz vor dem Tempel. »Die Angka freut sich, euch hier willkommen zu heißen«, sagt der Anführer. Es ist ein anderer als in dem Lager, in dem ich vorher war, dieser hier hat ein Mondgesicht und dicke Backen. Ich verstehe nicht, wie er das meint. Wie kann die Angka hier sein und auch in dem Lager, in dem meine Tante ist? Aber das Mondgesicht kann meine Gedanken lesen.

»Die Angka«, sagt er, »ist ein Kopf mit vier Gesichtern. Sie folgt dir überallhin.«

Er sagt, unser Lager ist etwas Besonderes. Nicht nur eine Reisplantage. Ein besonderer Ort, an den manchmal die höchsten Roten Khmer kommen werden. Er sagt, der Anführer wird uns beobachten, um zu sehen, wie gut wir arbeiten.

Dann sagt er, dass wir Kinder der Beginn einer neuen Gesellschaft sind, eines neuen Landes, ohne Erinnerungen an die Vergangenheit. »Verschwendet keine Zeit mit Gedanken an die Menschen, die ihr zurückgelassen habt«, sagt er. »Die Angka wird sich um sie kümmern.«

»Die Angka«, sagt er, »ist jetzt eure Familie.«

* * *

Wir schlafen in einem langen Holzhaus. Reihenweise Kinder auf Strohmatten, die Füße zum Gang. Es gibt ein Haus für die Mädchen, eins für die Jungen. Alle so alt wie ich, elf Jahre, aber ich bin der Älteste, deshalb sagen die Roten Khmer, ich habe die Verantwortung. »Lehre die anderen Kinder, die Angka zu lieben«, sagen sie. »Und sag uns, wenn jemand einen schlechten Charakter hat.«

Die Arbeit ist jetzt noch schwerer als vorher. Wir stehen vor der Sonne auf, bekommen nur ein bisschen Reissuppe und arbeiten den ganzen Tag auf dem Feld. Die heiße, heiße Sonne verbrennt unsere Haut, der Schlamm reicht uns bis an die Knie. Es gibt keine Erwachsenen, also machen wir die ganze Arbeit. Wir graben mit unseren Händen, ziehen den Pflug wie ein Ochse, treten den Reis, alles. Wir sind müde von all der Arbeit, so müde, dass wir arbeiten und dabei schlafen. Abends gibt es immer eine Versammlung. Und manchmal arbeiten wir sogar nachts.

Bei der Versammlung reden die Roten Khmer immer über Reis. Und Wassergräben. »Mit Wasser machen wir Reis und mit Reis eine neue Gesellschaft«, sagen sie. Dieses ganze Gerede über Reis, aber nie gibt es genug, damit wir satt werden. Jeden Abend gibt es weniger zu essen. Jeden Tag gibt es mehr Arbeit.

Bei der Versammlung sagen sie uns auch, wie wir rein werden können. Die Roten Khmer machen sich über die Stadtleute lustig, die Neuen. »Eure Hände sind zu zart«, sagen sie. »Damit kann man vielleicht einen Stift halten. Aber nicht arbeiten.« Und sie stufen uns nach unserer Arbeit ein. Gut, mittel und schlecht. Ist deine Arbeit schlecht, hast du einen schlechten Charakter. Bist du gut, bekommst du vielleicht etwas mehr zu essen.

Viele Kinder werden krank, sie haben zu wenig zu essen, zu viel Arbeit, vielleicht haben sie auch Malaria, doch die Roten Khmer sagen, sie haben einen schlechten Charakter, eine Krankheit des Bewusstseins. Oder sie sagen, sie sind nur faul. Die Kinder, die nicht hart genug arbeiten, werden manchmal an einen anderen Ort geschickt, den sie das Dorf der Faulpelze nennen. Wir sehen sie nicht wieder.

Einmal höre ich, wie ein Kind nach seiner Schwester fragt. Die Roten Khmer lachen und sagen, sie würde immer noch auf dem Feld arbeiten, nämlich als Dünger.

* * *

Immer Reis. Irgendwann ist endlich Erntezeit. Wir breiten den Reis zum Trocknen aus, schmecken ihn schon mit den Augen. Der Reis ist wunderschön. Endlich werden wir genug zu essen haben.

Dann kommen Lastwagen und fahren mit dem Reis weg.

* * *

Für uns bleibt kaum etwas übrig. Die Suppe ist dünn wie Wasser, so dünn, dass man die Metallschale schmeckt. Und die Kinder werden auch immer dünner. Ihre Rippen stehen vor. Und ihre Bäuche sind dick, geschwollen, als wäre Luft darin.

Ich bin jetzt immer so hungrig, dass es sich anfühlt, als würde mein Bauch sich selbst aufessen. Es tut stärker weh als alles, was ich kenne. Ich bin so müde, dass ich im Stehen schlafe. Manchmal denke ich: Ich lege mich einfach aufs Feld, die Erde ruft mich.

Ich sehe Kinder auf dem Feld sterben. Sie fallen einfach um. Vielleicht Malaria. Oder sie verhungern. Sie fallen hin und stehen nicht mehr auf. Immer wieder sage ich mir: Du darfst niemals hinfallen.

Heute hat mich der Rote Khmer, der für meine Gruppe zuständig ist – ich nenne ihn Kamerad Froschgesicht wegen seines breiten Mundes – mit einer Nachricht auf ein anderes Feld geschickt. Auf dem Rückweg habe ich einen anderen Weg genommen und einen großen Pferdestall gesehen. Aber es sind keine Pferde darin. In jedem Pferch sind Menschen. Viele Menschen, insgesamt vielleicht hundert, aneinandergebunden wie Tiere. Das Dach ist dünn, es ist sehr heiß und die Ställe sind klein und voll. Alle warten darauf, zum Tempel gebracht und geschlagen zu werden. Oder getötet.

Sie weinen, rufen mir zu, bitten um Wasser, flehen um Hilfe. Auf dem langen Marsch habe ich gelernt, nichts zu sehen. Jetzt lerne ich, nichts zu hören.

Aber ich verstehe etwas. Ich verstehe, warum dieser Ort besonders ist. Nicht nur ein Reisfeld befindet sich an diesem heiligen Ort, sondern auch ein Gefängnis.

* * *

Heute haben sich die Roten Khmer etwas Neues ausgedacht, um herauszufinden, wer gut und wer schlecht ist. Sie mustern unsere Haut. Sie berufen eine Versammlung ein und schauen jedem Kind ins Gesicht. Wenn man weiche oder helle Haut hat, sagen sie: »Du gehörst zur Oberschicht. Du hast nicht in der Sonne gearbeitet.« Sie zeigen auf ihre eigene Haut, die dunkel wie Kupfer ist, und sagen: »Seht her, wir haben dunkle Haut, wir haben alle zusammen unter der Sonne gearbeitet. Wir sind Bauern. Revolutionäre.«

Ich nehme Dreck und schmiere ihn mir ins Gesicht, damit meine Haut dunkel aussieht. Währenddessen stehen die Roten Khmer vor einem anderen Jungen, der helle Haut hat. »Der hier kann in den Mangohain«, sagen sie. Wir sehen den Jungen nicht wieder.

Ein paar Tage später haben sie eine neue Methode, um herauszufinden, wer gut und wer schlecht ist. Sie berufen wieder eine Versammlung ein und schauen jedes Kind genau an. Zu Kindern, deren Gesichter etwas chinesisch aussehen – mit Mandelaugen –, sagen sie: »Komm mit.« Kinder mit Gesichtern, die ein bisschen französisch aussehen – mit langen Nasen, wie ein Vogel –, müssen auch in den Mangohain. Wir sehen keines dieser Kinder wieder.

* * *

Jeden Tag sagen die Roten Khmer, dass wir die Vergangenheit vergessen müssen. Dass dies das Jahr null ist, dass es davor nichts gab. Alles Wissen von früher ist verboten. Außerdem reden sie immer wieder von einer neuen Geisteskrankheit: zu viel denken. »Du musst sein wie ein Ochse«, sagen sie, »keine Gedanken im Kopf, nur Liebe für die Angka.«

Aber in meinem Kopf ist eine Tür, die immer verschlossen ist. Hinter dieser Tür verstecke ich meine Familie. Meine Tante, meine Schwestern, mein kleiner Bruder, alle warten dort auf mich.

* * *

Heute Nacht regnet es stark, und es ist sehr dunkel. Alle schlafen. Ich weiß nicht, warum, aber ich sitze am Fenster und schaue nach draußen. Das Fenster ist offen, es gibt keinen Vorhang. Es ist sehr dunkel, aber ich sehe, dass beim Tempel drei oder vier Soldaten sind, einer von ihnen ist Kamerad Froschgesicht, die anderen kenne ich nicht, und ein Mann mit gefesselten Händen. Die Roten Khmer schubsen ihn vor sich her. Durch den Regen. Sie führen ihn genau auf den Platz vor meinem Fenster.

Ich halte ganz still. Wie eine Statue. Wenn ich mich bewege, sehen sie mich. Wenn sie mich sehen, töten sie mich.

Sie schlagen ihn. Sie stoßen ihn zu Boden, und er fällt flach auf den Rücken, blutüberströmt. Doch er steht wieder auf. Ich sehe Froschgesichts zorniges Gesicht, er schlägt ihn mit einem Schraubenzieher, schlägt ihm gegen das Knie, den Rücken, die Schultern.

Die anderen schubsen ihn, und seine Beine geben nach. Er stolpert, fällt, taumelt auf mich zu. Kommt ganz nah an mein Fenster. Dort sackt er zu Boden. Er liegt direkt vor mir. Ganz nah. Ich kann sein Blut riechen, wie bei den geschlachteten Hühnern auf dem Markt. Aber ich bewege mich nicht. Nicht ein Haar.

Jetzt ziehen sie den Mann unter den Tamarindenbaum. Sie lehnen ihn aufrecht an den Stamm und setzen ihm einen Helm auf den Kopf, einen amerikanischen Helm. Dann zünden sie eine Zigarette an und stecken sie ihm in den Mund. Sie lachen, dann gehen sie.

Der Mann sieht mich genau an. Seine Augen sind weit geöffnet. Aber er ist tot. Längst tot. Ich denke, dass ich traurig sein muss, oder ängstlich. Aber in mir ist kein Gefühl. Keine Tränen, gar nichts. Wir sehen uns lange an. Ich fühle nichts. Der Tod gehört jetzt zu meinem Alltag.

* * *

Wir sind so hungrig, dass wir selber nach Essen suchen. Insekten, Frösche, Pilze und Pflanzen. Viele Kinder kriechen über den Boden und suchen nach Nahrung, etwa dreihundert Kinder sind noch am Leben, es ist schwer, überhaupt was zu finden. Manche Kinder essen giftige Pflanzen oder Spinnen und sterben. Ich esse die Früchte des Tamarindenbaums. Sie sind sehr sauer und sehr gut. Aber man bekommt davon Durchfall. Ich habe schon Durchfall, aber ich kann nicht anders, ich esse die Früchte trotzdem. Wenn ich reinbeiße, zieht sich mein Mund zusammen, und dann will ich mehr. Ich esse noch mehr, und mein Magen tut so weh, dass ich nicht mehr stehen kann.

Alle Kinder haben jetzt Durchfall. Es fühlt sich an, als muss man jede Nacht hundertmal aufs Klo. Wir sind so müde, wir arbeiten den ganzen Tag, dass wir irgendwann denken, vielleicht können wir einfach ins Bett kacken. Manche Kinder machen das auch. Dann werden die Roten Khmer sehr böse und schlagen sie. Also stehen sie auf, egal wie müde sie sind. Sie gehen zur Latrine, dort wimmelt es vor Maden, es ist nur ein rutschiges Brett über einem Graben, in dem es ebenfalls vor Maden wimmelt. Manche Kinder sind so schwach, dass sie hineinfallen.

Es ist, als müsste ich jede Nacht hundertmal kacken, aber nichts kommt. Nur Flüssigkeit. Dann geh ich zurück in den Schlafsaal, und überall um mich sind Kinder, die weinen und stöhnen. Ein kleiner Junge neben mir ruft nach seiner Mutter. Niemand kann dabei schlafen. Ich schlafe ein, habe einen Albtraum, sehe Tote und Sterbende, genau wie am Tag. Und schon muss ich wieder aufstehen und arbeiten.

* * *

Nachts darf man nicht alleine herumlaufen. Wenn die Roten Khmer einen sehen, denken sie, man will fliehen, und schießen. Aber nachts bin ich am hungrigsten, deshalb schleiche ich trotzdem nach draußen und versuche, einen Frosch zu fangen oder eine Grille. Keine Zeit, die Tiere zu kochen, ich kann sie nur schnell herunterschlingen. Manchmal fühle ich die Beine der Grille in meinem Hals zappeln, wie sie versucht zu entkommen.

Heute Nacht gehe ich in den Mangohain. Ich weiß nicht, warum, vielleicht aus Hunger, vielleicht auch aus Neugier. Ich gehe einfach. Ich weiß, was ich zu finden glaube, und ich finde es. Einen großen Müllhaufen und einen schlechten, sehr schlechten Geruch. Und Geister, denke ich, und renne zurück ins Bett.

* * *

Wenn ich auf dem Feld arbeite, fasse ich mir manchmal an den Bauch und sage zu Froschgesicht, dass ich kacken muss. Das stimmt nicht, es ist nur ein Trick, um eine kleine Pause im Schatten zu machen. Ich verziehe das Gesicht, lasse alles fallen und renne schnell in die Büsche, als würde ich mir sonst in die Hose machen. Jeder kann diesen Trick anwenden, denke ich, aber kein anderes Kind kommt darauf, vielleicht haben sie auch zu viel Angst. Ich verstecke mich so lange wie möglich im Gebüsch und sehe ihnen bei der Arbeit zu, sie arbeiten hart, und die Sonne ist heiß, es gibt keine Pause, und ich fühle nichts. Kein Bedauern. Keine Scham. Vielleicht ein bisschen Stolz.

Dann sagt eines Tages ein Junge aus meiner Gruppe, ein Junge, der den Roten Khmer gefallen will und deshalb hart arbeitet, immer als Erster anfängt, als Letzter aufhört, immer mit einem breiten Lächeln im Gesicht, dieser Junge sagt zu Froschgesicht, dass ich einen schlechten Charakter habe. Er sagt, ich bin ein Trickser. Er sagt, er zählt, wie oft ich hinter den Busch gehe. Mehr als jeder andere, sagt er.

Weil ich einen schlechten Charakter habe, schicken die Roten Khmer mich zur Erziehung. Diese Erziehung hat nichts mit Schule zu tun. Ich muss drei Tage auf dem Müllhaufen schlafen. Drei Nächte lang ein schrecklicher Geruch und Käfer unter meinen Kleidern. Ich bin ganz allein und habe Angst. Angst vor den Geistern. Und Angst, dass die Roten Khmer mich erschießen, wenn ich nicht auf dem Müllhaufen schlafe, wie sie gesagt haben.

Drei schlaflose Nächte sind viel Zeit zum Nachdenken. Ich denke zwei Sachen: Wenn ich hier raus bin, werde ich zu dem Jungen gehen, der immer so hart arbeitet. Ich werde ihn breit anlächeln und ihm vor Froschgesicht danken, dass er mir geholfen hat, meinen schlechten Charakter zu überwinden. Außerdem werde ich diesen Jungen jede Minute beobachten und ihn erwischen, wenn er etwas Schlechtes tut. Dann werde ich zu ihm sagen: Ich weiß, was du tust, aber ich verrate dich nicht. Und jetzt wirst du mich auch nicht mehr verraten.

* * *

Heute bekommt unsere Gruppe einen neuen Aufseher. Froschgesicht ist weg. Es gibt keine Erklärung, wo er ist. Scheint so, als ob die Roten Khmer auch andere Rote Khmer verschwinden lassen.

* * *

Eine weitere Versammlung. Dieses Mal sagt der Anführer der Roten Khmer: »Wer kann ein Instrument spielen?«

Niemand, nicht ein Kind, rührt sich.

Der Anführer sagt, es soll eine Musikgruppe geben, eine Band, die Lieder spielt. Und Tänzer.

Wir halten alle still wie Steine.

Ich denke: Vielleicht ist das ein Test, um rauszukriegen, wer zur Elite gehört, wer gebildet ist und Musikunterricht hatte. Oder wer die amerikanischen Imperialisten und ihre Popmusik mag.

Sie sagen, die Musikgruppe soll zu Ehren der Angka spielen. Gesang und Tanz. Um die Arbeiter aufzuheitern und die neuen Ideen zu lehren.

Vielleicht, denke ich, vielleicht kriege ich ein bisschen mehr zu essen, wenn ich für sie Musik mache. Wie beim Schuh-Spiel, das ich zu Hause gespielt habe. Ich werfe den Schuh und kriege mehr zu essen.

Ich hebe die Hand. Gebt mir einfach eine Schale Reis, denke ich, dann könnt ihr mich töten.

* * *

Sie wählen fünf Jungen aus. Alle dünn wie Stöcke. Sie bringen uns in ein Holzhaus, wo ein alter Mann auf dem Boden sitzt, weiße Haare, weißer Bart, um ihn herum viele Instrumente.

Die Roten Khmer sagen, wir haben fünf Tage Zeit, um die Instrumente zu lernen. Tagsüber müssen wir auf dem Feld arbeiten wie die anderen Kinder, deshalb können wir nur abends lernen.

Der alte Musiker gibt mir die Khim. Ein Instrument aus Holz mit vielen Saiten, die mit einem Bambusstab geschlagen werden. Man sitzt beim Spielen auf dem Boden, und es klingt wunderschön, wie im Himmel. Manchmal schlage ich die richtige Saite an, manchmal die falsche, aber immer schlage ich zu fest.

»Schlag ganz leicht«, sagt der alte Mann. »Wie der Flügel eines Kolibris.« Er sagt auch: »Du hast Talent. Streng dich mehr an.«

Die Lieder der Roten Khmer sind schnell, schnell

und fröhlich, und alle handeln von der Revolution. Von Opfern. Harter Arbeit. Und Reis. Immer Reis.

* * *

Am nächsten Tag arbeite ich wie die anderen auf dem Feld, abends gehe ich zu dem alten Mann. Nur noch drei Tage. Drei Tage, um dieses Ding spielen zu lernen.

Einmal weine ich fast, so schwer ist es. Aber der alte Mann flüstert mir ins Ohr: »Lern schnell. Wenn du nicht lernst, töten sie dich.«

Ich strenge mich noch mehr an. Die Khim hat so viele Saiten, dass sie vor meinen Augen verschwimmen, und ich spiele schnell, schlage eine Saite an, dann eine andere, so schnell, dass ich meine eigenen Hände nicht sehen kann. Ich spiele so oft, bis ich alle Lieder auswendig kann. Die anderen Jungen schaffen es nicht. Am nächsten Tag kommen sie nicht mehr zum Unterricht.

Der alte Mann sagt: »Jetzt, wo du die Lieder kannst, werden sie mich töten.«

Ich sage, nein, die Roten Khmer brauchen ihn, um die Gruppe zu leiten.

Er lächelt nur traurig und sagt, alle anderen Musiklehrer sind bereits tot. Vielleicht ist er der letzte. Die Roten Khmer wollen nicht, dass jemand die alten Lieder kennt. »Alle alten Lieder werden sterben«, sagt er.

Dieser Mann hat mir das Leben gerettet, und jetzt wird er sterben. Und ich kann nichts tun, um das zu verhindern.

* * *

Am nächsten Tag kommt er nicht. Die Roten Khmer sagen zu mir: »Komm in den Mangohain. Sieh, was wir mit dem alten Mann machen.«

Ich sage: »Ich will es nicht sehen.«

Ich weiß nicht, wie ich das sagen kann. Zu den Roten Khmer sagt man nicht nein.

Aber es ist wie Glücksspiel. Wenn die Roten Khmer mich jetzt umbringen, haben sie niemanden, der ihre Lieder spielt. Ich denke kurz daran, was meine Tante gesagt hat, beug dich wie das Gras, aber dieses Mal beuge ich mich nicht. Ich stehe aufrecht.

Sie gehen weg, und ich spiele die Lieder für mich allein. Ich denke an den alten Mann, und in meinen Gedanken spiele ich für ihn. Ich habe Angst, aber einen Augenblick lang bin ich auch stolz.

* * *

Jetzt kommen andere Jungen in das Haus, in dem ich das Instrument gelernt habe. Noch ein Khimspieler, einer, der Geige spielen soll, ein Instrument, das Tro Sau genannt wird, einer mit einer Trommel und andere mit Instrumenten, die ich aus der Zeit kenne, als meine Familie die Oper hatte. Es kommt auch ein neuer Musiklehrer, nicht so alt wie der erste, aber ein lebender Toter. Sehr traurig, als wäre sein Herz gebrochen, in seinen Augen ist kein Leben.

Wir werden jetzt richtige Musiker sein, sagen die Roten Khmer. Wir müssen nicht mehr auf dem Feld arbeiten, wir machen die ganze Zeit Musik. Bald wird eine große Versammlung hier im Lager stattfinden, deshalb müssen wir bereit sein. Bereit, ihre Lieder perfekt zu spielen. Für die obersten Roten Khmer. Wir haben einen Monat.

* * *

Wir üben jeden Tag, aber es klingt nicht wie Musik. Eher so, als würden viele Tiere gleichzeitig jaulen, und alles geht sehr langsam, nicht wie bei dem alten Musiklehrer. Die Kinder sind zu müde, zu hungrig, um sich auf die Musik zu konzentrieren, und der neue Musiklehrer sieht aus, als würde er schlafen, als würde nichts ihn berühren. Nicht mal die große Versammlung. Ich denke: All die Arbeit, die Khim gelernt, die vielen Lieder gelernt, und wir werden trotzdem sterben.

* * *

Eines Abends stirbt das Mädchen, das neben mir sitzt. Sie sitzt da und stirbt. Ohne Geräusch. Sie hört einfach auf zu atmen. Wir essen alle weiter, wir sehen sie nicht. Ich nehme mir schnell ihre Schale Reis und esse sie auf.

* * *

»Du«, sagt einer der Roten Khmer zu mir. »Komm mit.«

Es ist Abend, die anderen Kinder arbeiten auf dem Feld, große Fackeln brennen, damit sie etwas sehen können. Die Ernte steht bevor, deshalb müssen alle noch mehr arbeiten. Bis auf die Musiker. Wir müssen nur noch mehr üben. Aber der Mann sagt: »Heute Abend gibt es eine andere Aufgabe für dich.«

Er nimmt mich mit in den Mangohain. Der Pfad ist staubig. Viele Füße sind schon diesen Pfad gegangen.

In all den Tagen habe ich nicht mehr an meine Tante, an meinen Bruder und meine Schwestern gedacht. Zu groß die Gefahr, dass ich weine oder verrückt werde oder einfach aufgebe. Aber jetzt spreche ich in Gedanken mit ihnen. Ich verabschiede mich und sage, dass ich sie eines Tages wiedersehen werde. Denn ich weiß, was jetzt kommt.

Ich kann schon den Müllhaufen sehen. Drum herum steht hohes, sehr grünes Gras. Knochen ragen heraus, Beine, Arme, Schädel, Kleider. Ich sehe auch einen Graben. Davor eine Reihe Menschen, vielleicht fünfzehn, zwanzig, alle auf den Knien, die

Hände auf dem Rücken gefesselt. Einer der Anführer hinter ihnen.

Er nimmt eine Axt, eine kleine Axt wie zum Holzhacken, und schlägt einem der knienden Männer auf den Hinterkopf. Der Mann fällt vornüber, wie ein Sack, es geht sehr schnell. Der Rote Khmer geht die Reihe entlang und erschlägt einen nach dem anderen. Ein schreckliches Geräusch, wie das Knacken einer Kokosnuss. Nur dass es der Kopf eines Menschen ist.

»Du«, sagt er zu mir. »Wirf sie in den Graben.«

Ich will es nicht tun. Aber ich tue es. Meine Hände tun, was dieser Mann mir sagt. Ich schiebe die Körper, sie sind schwer und alles ist blutig, ich schiebe sie in ihr Grab.

Ich tue es. Ein Mann ist noch nicht tot. Sie sagen, ich soll ihn trotzdem in den Graben werfen. Dieser Mann verflucht mich, verflucht mich aus der Tiefe.

Der Mann mit der Axt sieht mich an. Sieht mir tief in die Augen. Um zu sehen, was ich fühle.

Ich mache meinen Blick leer. Wenn du zeigst, was du fühlst, stirbst du. Wenn du nichts zeigst, überlebst du vielleicht.

4

Die Musikgruppe ist immer noch nicht gut. Wir vergessen den Text, wir spielen zu langsam, dann zu schnell, dann spielen wir nicht zusammen. Wir haben keinen Rhythmus. Überhaupt keinen Rhythmus, weil der Junge an der Trommel solche Angst hat, dass seine Hände zittern. Und der neue Musiklehrer hört es nicht. Er sieht immer so aus, als weine er in Gedanken. In seinem Gesicht sind keine Tränen, aber er ist immer traurig, in ihm ist kein Leben.

Also leite ich die Kinder an. Ich versuche, dem Trommler zu zeigen, wie er den Rhythmus halten kann. Ich helfe auch dem anderen Khimspieler, einem dünnen Jungen mit abstehenden Elefantenohren namens Kha, ich zeige ihm, wie er die Saiten anschlagen muss, so, wie der alte Musiklehrer es mir gezeigt hat. »Ganz leicht«, sage ich, »wie ein Kolibriflügel.«

Ich denke an den alten Musiklehrer. Wie er mir in nur fünf Tagen sein ganzes Leben geschenkt hat. Ich kann nur das, was er mir beigebracht hat, aber vielleicht kann ich diesen Kindern ein bisschen davon weitergeben und wir können alle überleben.

* * *

Seit ein paar Tagen gibt es keinen Reis mehr, und viele Kinder sterben. Sie sehen jetzt schon aus wie Skelette, liegen auf den Strohmatten, und Fliegen krabbeln ihnen in Augen und Mund, als wären sie schon tot.

Heute Abend, sagen die Roten Khmer, gibt es ein besonderes Essen. Einen schwarzen Eintopf, der sauer riecht. Wir wissen, was das ist. Essen für Schweine – Bananenschalen, Reisspreu, verfaulte Lebensmittel. Wir essen es trotzdem.

* * *

Ein Lied, das wir spielen müssen, handelt von rotem Blut, das vergossen wird, um ein neues Land zu schaffen. Ich sage den anderen Kindern, dass sie bei diesem Lied lächeln und alle Zähne zeigen sollen, damit man sehen kann, dass wir die Angka lieben. Ich singe laut und zeige ihnen, wie. Kha, der Junge mit den Elefantenohren, ist wie mein Schatten, er macht mir alles nach. Aber die anderen Kinder lernen nicht so gut.

Außerdem kann ich die anderen Instrumente nicht

spielen, Geige und Xylophon, und die Musik klingt immer noch nicht gut. In zwei Wochen ist die große Versammlung, und wir sind noch nicht bereit.

Viele Kinder sterben an Hunger oder Malaria, sie sterben langsam, stöhnen, weinen, sie wollen, dass der Tod endlich kommt. Wenn wir nicht besser werden, schicken sie uns in den Mangohain. Dort kommt der Tod schnell. So oder so kommt der Tod.

* * *

Eines Abends sehe ich den Roten Khmer aus dem Mangohain, und er fragt mich, wie es mit der Musikgruppe vorangeht. »Sehr gut«, sage ich, »sehr gut.«

Er legt die Finger auf die kleine Axt an seinem Gürtel und macht schmale Augen wie eine Eidechse. »Wie ist der neue Musiklehrer?«, fragt er.

Ich blinzele nicht. »Sehr gut«, sage ich. »Ausgezeichnet.«

Er lässt die Axt wieder los. »Du sagst mir doch, wenn dieser Mann einen schlechten Charakter hat.«

Ich sage, das werde ich.

In dieser Nacht schleiche ich zu dem Gebäude, in dem der Musiklehrer schläft. Es ist sehr gefährlich, nachts draußen zu sein. Wenn sie mich erwischen, sage ich, tut mir leid, ich kann die Latrine nicht finden. Aber wenn der neue Musiklehrer uns nichts beibringt, wenn wir bei der großen Versammlung schlecht spielen, gibt es kein »tut mir leid«. Das weiß ich aus dem Mangohain.

Der Mann schläft nicht, er starrt nur in die Luft. Ich schüttele ihn, sage: »Wach auf! Sie töten dich, wenn du uns nicht beibringst, wie man spielt.«

Er sagt, das ist ihm egal. Er sagt, im Herzen ist er schon tot. Seine Kinder sind alle tot, er weiß nicht, wo seine Frau ist. Er hat sich schon auf den Tod vorbereitet, als sein jüngster Sohn verhungert ist. Er hat Weihrauch angezündet, zu Buddha gebetet und auf den Tod gewartet. Stattdessen kamen die Roten Khmer und sagten, er soll Musiklehrer werden. Er hatte keine Wahl. Er musste gehen. Aber er hasst diese Musik, diese Musik über Blut und harte Arbeit und die Ehre der Angka. Er weigert sich, sie zu lehren.

»Sollen sie mich töten«, sagt er. »Es macht mir nichts.«

Ich schlage den Mann mit der Faust. »Du kannst meinetwegen sterben!«, sage ich. »Aber was ist mit uns? Wenn du uns nicht beibringst zu spielen, sterben wir auch. Wir Kinder. Wie deine Kinder gestorben sind, sterben wir auch.«

Da wacht er auf. Zum ersten Mal sehe ich Licht in seinen Augen.

* * *

Am nächsten Tag ist er ein anderer Mensch. Er hasst die Lieder der Roten Khmer noch immer, das sehe ich. Er beißt die Zähne zusammen und verzieht das Gesicht. Aber er bringt uns wirklich etwas bei. Er macht vor, wie man das Xylophon schlägt, er zeigt dem Geiger, wie man einen Ton hervorbringt, der nicht wie der Schrei einer Katze klingt. Die Musik wird besser.

Ich denke an unseren ersten Musiklehrer. Ich habe ihn nicht nach seinem Namen gefragt. Die Zeit war so kurz. Der Mann hat mir das Leben gerettet, aber als sie ihn töteten, konnte ich nichts tun. Den neuen Lehrer frage ich nach seinem Namen.

Er sieht mich an, als wäre ich verrückt. Niemand hat mehr einen Namen. Wir sind alle nur Kameraden, Arbeiter, alle gleich, ohne Namen, ohne Persönlichkeit.

»Mek«, sagt er. »Mein Name war Mek.«

Dieser Mann, Mek, hat beschlossen zu leben, wegen dem, was ich ihm gesagt habe. Jetzt ist es meine Aufgabe, ihn am Leben zu halten.

* * *

Die Musiker werden jeden Tag besser. Jeden Abend gebe ich einem anderen Kind etwas von meiner Suppe ab. Mal dem Trommler, mal Kha. Sie halten mich für verrückt. »Warum gibst du uns dein Essen?«, fragt Kha.

Man kann es ein Geschenk nennen. Oder auch einen Einsatz für mein Leben. Wenn die Kinder mehr zu essen haben, lernen sie besser. Wenn sie die Lieder besser lernen, lassen uns die Roten Khmer am Leben. Sie bleiben am Leben, ich bleibe am Leben, wir bleiben alle am Leben. Wenn sie die Lieder nicht lernen, bleibt niemand von uns am Leben.

* * *

Der Anführer des Lagers, der Mann mit dem Mondgesicht, kommt in das Haus, in dem wir üben, und sagt: »Gute Neuigkeiten, die große Versammlung ist schon morgen.« Und eine noch bessere Neuigkeit: Heute dürfen wir, die Mitglieder der Musikgruppe, eine extra Schale Reis essen, damit wir stark sind und der Angka Ehre machen.

Dieser Reis ist echter Reis. Keine Reissuppe, kein Reiswasser. Reis zum Kauen. Weiß und süß. Wir essen ihn langsam, als würden wir nicht glauben, dass er echt ist. Nur Kha isst ganz schnell, als würde er gleich wieder verschwinden. Ich esse ein bisschen, ein bisschen hebe ich auf für später. Denn dieser Reis, das weiß ich, ist wie Geld. Wenn ich ihn jetzt aufhebe, kann ich ihn später für etwas benutzen, das ich brauche.

Wir üben den ganzen Abend, nur mit dem Licht von Meks Taschenlampe. Wir machen viele Fehler und müssen oft unterbrechen, weil mehrere Kinder Bauchschmerzen von dem guten Reis haben. Kha geht es besonders schlecht, wir müssen immer wieder Pause machen, damit er vor die Tür kann. Wir sehen seine Kacke, es ist Reis darin, der nicht mal zerkaut ist. Und Kha weint, er hat solche Schmerzen, und der gute Reis ist verschwendet.

Eigentlich muss ich traurig sein, wenn ich diesen Jungen sehe, er hat Hunger und Schmerzen und Angst vor der großen Versammlung. Aber stattdessen bin ich wütend, weil er uns mit seiner Dummheit alle umbringen kann. Als die anderen Kinder über ihren Instrumenten einschlafen, weil sie zu krank und zu müde sind, um weiter zu üben, wecke ich Kha und gebe ihm etwas von dem Reis, den ich aufgehoben habe. Ganz langsam und immer nur winzige Portionen, und ich sage ihm, er soll gut kauen.

»Wenn du bei der Versammlung gut spielst«, sage ich, »bekommst du noch mehr.«

* * *

Heute Abend ist die große Versammlung. Der Rote Khmer mit der Axt kommt zum Haus, in dem wir üben, und sagt, wir sollen kommen. Alle Anführer sind da und wollen uns spielen hören. Jetzt. Kha macht vor Angst in die Hose. Wir sehen es alle. Mek wird blass. Der Rote Khmer legt die Hand auf die Axt.

Ich sage ihm, es ist alles in Ordnung, wir können die Lieder.

Er bringt uns auf eine Holzbühne in der Mitte des Grasplatzes. Kha, mein Schatten, geht so dicht hinter mir, als wäre er in meiner Tasche. Mek hält den Kopf gesenkt, als würde er zu seiner Hinrichtung gehen. Um uns ist alles dunkel. Aber wir können die Leute sehen, die auf dem Boden sitzen, tausend Leute, die alle auf das Konzert warten, alles Rote Khmer, mit Gewehren, Äxten und misstrauischen Gesichtern.

Mek flüstert mir ins Ohr. »Gib du den Takt vor«, sagt er. »Ich kann nicht.«

Ich schließe die Augen und halte den Bambusstab in die Luft. »Ganz leicht«, höre ich den alten Mann sagen. »Wie ein Kolobriflügel.« Ich lasse den Stab sinken und ein Ton, ein winziges »Ping«, fliegt in die Luft.

Die nächste Sekunde dauert tausend Jahre, dann stimmt Kha ein und eine Sekunde später die anderen. Wir spielen, und als das Lied zu Ende ist, warten wir nicht, wir beginnen gleich das nächste, dann das nächste und das nächste. Wir spielen alle Lieder ohne Pause, wir spielen immer weiter. Wir spielen nur, wir hören nicht mal, was wir spielen. Wir spielen, wir singen, wir lächeln, breit, zeigen alle Zähne, unser Zahnfleisch, wir singen, wie sehr wir die Angka lieben, wie das Blut vergossen wurde, um uns zu befreien, und wie glücklich wir jetzt sind, in diesem reichen Land zu leben.

Und dann sind alle Lieder vorbei, und wir haben keins mehr. Es ist still. Hoch oben in einem Baum kreischt ein Gecko. Wieder Stille.

Im Dunkeln sehe ich viele Rote Khmer, die abwarten, was der oberste Anführer tut. Ich starre ihn an. Ich starre auf seine Hand. Ich höre kein Klatschen, ich sehe nur Hände, die sich bewegen. Seine Hände, dann alle Hände. Wir leben einen weiteren Tag.

* * *

Ich schleiche mich in das Haus, in dem Mek schläft. Jetzt habe ich nicht mehr so große Angst, wenn ich nachts draußen bin. Ich denke, dass die Roten Khmer mich nicht erschießen werden, weil sie unsere Musik mögen.

Ich wecke Mek und sage ihm, dass er uns gerettet hat. Vor dem Tod gerettet.

Aber er sagt, er und ich, wir haben die Kinder gemeinsam gerettet.

Das stimmt vielleicht ein bisschen, aber ich weiß auch, dass ich vor allem mich selbst rette. »Um zu überleben«, sage ich.

Mek sagt, er überlebt durchs Träumen. Manchmal träumt er sogar, wenn er wach ist. Es ist immer der gleiche Traum. Er träumt von einem Ort, an dem die

Kinder nicht auf dem Feld arbeiten müssen, wo sie im Gras liegen und schlafen dürfen und über sie ein Engel hinwegfliegt und ihnen Zucker in den Mund streut.

Wenn er aufwacht, denkt er an seine eigenen Kinder und fragt sich, ob es nicht besser wäre zu sterben. Leben mit leerem Magen und einem Gewehrlauf vor der Nase, ist das Leben, oder ist das jeden Tag ein bisschen Sterben?

* * *

Als die obersten Anführer der Roten Khmer wieder weg sind, werden neue Regeln aufgestellt. Niemand darf nach Nahrung suchen. Allein zu essen ist ein Zeichen für einen schlechten Charakter, es zeigt, dass du dich selbst mehr liebst als die Angka.

Eine weitere Regel: Kein Junge darf sich in ein Mädchen verlieben. Kein Mädchen darf sich in einen Jungen verlieben. Das Einzige, was du lieben darfst, ist die Angka.

Manchmal spielen wir jetzt mit der Musikgruppe auch abends bei der Versammlung. Damit die anderen Kinder die Lieder lernen. Damit auch sie singen können, wie sehr sie die Angka lieben.

* * *

Beim Üben mache ich oft meine Augen zu. Wenn ich aus dem Fenster schaue, sehe ich die anderen Kinder auf dem Feld arbeiten, so müde, so hungrig, beinahe tot. Ich sehe sie und denke: Ich muss eigentlich traurig sein. Aber ich fühle gar nichts. Nur Erleichterung, dass ich im Haus bin und Musik mache und nicht arbeiten muss.

Einmal öffne ich die Augen und sehe, wie ein Roter Khmer einen Jungen schlägt, einen sehr dünnen, sehr kranken Jungen, der mit den Händen zu graben versucht. Der Rote Khmer schlägt ihn und sagt: »Warum bist du so faul?« Es ist der Junge, der immer so hart gearbeitet hat, der, der einmal gesagt hat, ich habe einen schlechten Charakter, der, wegen dem ich auf dem Müllhaufen schlafen musste. Dieser Junge arbeitet immer noch hart, er will immer noch, dass die Roten Khmer ihn mögen. Jetzt fällt er in den Schlamm.

Die Roten Khmer sind Monster. Ich sehe den Jungen fallen, und einen Augenblick lang bin ich schadenfroh, erleichtert, dass jetzt er in Schwierigkeiten ist. Im nächsten Augenblick denke ich: Jetzt bin ich selbst ein Monster.

* * *

Ein Mann aus meiner alten Stadt kommt manchmal in unser Lager. Er ist jetzt auch ein Roter Khmer, reist zwischen den Lagern herum und überbringt den Anführern Nachrichten. Er sagt, er kann uns auch Neuigkeiten bringen oder Briefe von der Familie. »Wenn du mir dein Essen gibst«, sagt er, »habe ich vielleicht einen Brief für dich.« Zu den Mädchen sagt er: »Komm mit mir in den Wald, dann sage ich dir, wie es deiner Familie geht.«

Ich gebe ihm den Rest von meinem guten Reis, und er gibt mir einen Brief von meiner großen Schwester Chantou. Sie schreibt: »Ich bin mit Maly in einem Lager in den Bergen, wir arbeiten viel. Es geht uns gut, aber niemand weiß, wo Jurami ist. Ich schreibe diesen Brief heimlich, niemand darf wissen, dass ich zur Schule gegangen bin. Sie wollen mich zwingen, einen Roten Khmer zu heiraten, aber ich sage nein. Ich werde nicht heiraten, bevor ich dich wiedersehe. Pass auf dich auf, kleiner Bruder, und sei mutig, bis wir uns wiedersehen.«

Dieser Brief von meiner Schwester ist sehr gefährlich. Schon der Gedanke an sie ist gefährlich. Du darfst dir keine Erinnerungen erlauben. Denn die Roten Khmer gucken dir in den Kopf.

* * *

Jeden Tag nach dem Üben bekommen wir noch eine Aufgabe. Kochen, putzen, wir tun alles, was sie sagen. Heute habe ich Glück, ich bin der Koch. Vielleicht kann ich etwas Essen beiseiteschmuggeln.

Doch die Suppe, die wir kochen, ist wie Wasser. Nur ganz wenig Reis, vielleicht zwei oder drei Tassen für alle Kinder. Der Rest ist Wasser. Man isst sie und pinkelt sie gleich wieder aus. Zu kacken gibt es nichts. Beim Kacken kommt nur Wasser.

Die Kinder stehen in einer Reihe an, und wir geben ihnen zu essen. Sie sind so hungrig und haben so hart gearbeitet. Trotzdem hebe ich mir eine Extraportion auf. Nur dieses eine Mal. In einem Versteck unterm Herd. Als alle Kinder gegessen haben, vergewissere ich mich, dass niemand guckt. Manchmal schicken sie sogar einen kleinen Jungen zum Spionieren. Wenn er jemanden erwischt, wird er angefleht, dass er nichts verrät; man sagt: »Du kannst mein Essen haben.« Er nimmt das Essen. Dann verrät er es trotzdem.

Kein Kind guckt. Auch kein Roter Khmer. Aber ich sehe einen großen dünnen Mann. Seine Wangen sind hohl, die Augen stehen heraus. Fast wie ein Totenkopf. Er sucht im Gras nach Nahrung. Der Mann ist ein Flüchtling, vielleicht aus dem Gefängnis. Ich weiß nicht, warum, aber ich stelle die Schale Reis vor ihn hin. »Bitte iss schnell«, sage ich. Ich weiß nicht, warum ich ihm mein Essen gebe. Ich bin selbst so hungrig. Ich tue es einfach. Ich gehe kurz weg. Wenn die Roten Khmer diesen Mann beim Essen erwischen, will ich nicht in der Nähe sein. Nach einer Weile komme ich wieder. Die Schale ist leer. Der Mann ist weg.

Die ganze Zeit kann man das Essen der Roten Khmer riechen. Hähnchen, Fisch, Kardamom und Zitronengras. Manchmal rieche ich sogar Palmzucker. Die Gesichter der Roten Khmer sind fett und glänzend von dem guten Essen. Die Gesichter der Kinder sind blass, ihre Haut ist dünn wie Papier.

* * *

Diese Woche kommen neue Kinder ins Lager. Ein Mädchen weigert sich, die Haare schneiden zu lassen. Die Roten Khmer bringen sie in den Tempel zu der großen Trommel auf dem Holzgestell. Sie stecken sie in die Trommel und schlagen darauf. Von innen hört man sie schreien. Dann machen sie ein kleines Feuer unter der Trommel, und man hört sie noch mehr schreien.

Schließlich lassen sie sie heraus. Blut läuft aus ihrer Nase, ihrem Mund, ihren Ohren und ihre Haare sind struppig.

»So«, sagen sie. »Willst du immer noch schön sein?«

* * *

Alles läuft hier nach Plan. Aufstehen, pinkeln, arbeiten, essen. Es gibt einen neuen Zeitplan für die Arbeit auf dem Feld. Um 1 Uhr aufstehen, bis 7 Uhr arbeiten. Halbe Stunde Pause. Weiterarbeiten von 7 Uhr 30 bis

11 Uhr 30. Suppe. Dann weiterarbeiten von 13 Uhr bis 17 Uhr. Abends zur Versammlung. Andauernd Versammlungen.

Am nächsten Tag das Gleiche.

* * *

Jeden Tag schleppen die Roten Khmer etwa zehn Menschen in den Tempel. Morgens, nachmittags, abends. Sie holen die Leute aus dem Gefängnis im Pferdestall. Meistens Männer, manchmal auch Frauen. Sie haben die Hände hinterm Rücken gefesselt, die Köpfe gesenkt. Die Roten Khmer sagen: »Gestehe, sag uns, was du früher gemacht hast. Du warst Arzt. Du warst Lehrer. Du warst Soldat der Regierung. Du warst ein Freund der Amerikaner. Du hast für die Vietnamesen spioniert.« Dann schlagen sie sie. Mal mit einem Stock, mal peitschen sie mit Draht, und die Leute weinen, schreien. »Ja, ja« sagen sie, »wir gestehen.« Vielleicht stimmt es gar nicht, was sie gestehen, sie sagen es nur, damit die Schläge ein Ende haben.

Dreimal am Tag hören wir auch das Schlagen der kleinen Axt. Einmal morgens, einmal nachmittags, einmal abends. Manchmal erst ein Schrei, dann das Knacken, wie beim Öffnen einer Kokosnuss. Danach Stille. Es ist ein leises Geräusch, das Zertrümmern eines Schädels, doch man kann es überall hören. Dreimal am Tag. Selbst das Töten geschieht nach Plan.

Manchmal unterbrechen die Kinder auf dem Feld bei dem Geräusch ihre Arbeit. Sie drehen sich um, wenn sie die Schreie hören. Sie zittern, wenn sie die Axt hören. Ein Junge zuckt jedes Mal zusammen wie ein Kaninchen. Wir hören das Geräusch mehrmals am Tag, trotzdem zuckt der Junge jedes Mal. Und immer steht ein Soldat der Roten Khmer dabei, kaum älter als wir, und richtet sein Gewehr auf uns.

Der Soldat schreit den Jungen an, der wie ein Kaninchen zuckt. »Hör auf damit«, sagt er. »Arbeite weiter.« Aber der Junge kann nicht anders. Seine Schultern springen hoch an seine Ohren, wenn er die Axt hört. Da erschießt der Soldat den Jungen. Die anderen Kinder tun so, als hätten sie nichts gemerkt. »Wenn ihr guckt, erschieße ich euch auch«, sagt er.

Ein anderer Roter Khmer kommt, um zu sehen, was passiert ist. Er sagt nicht: »Warum hast du den Jungen erschossen?« Er sagt: »Warum hast du eine Kugel verschwendet?«

* * *

Wir machen jetzt den ganzen Tag Musik. Nach dem gleichen Zeitplan wie die Kinder auf dem Feld. Es gibt kein Publikum. Nur ein Mikrophon. Wir hören die Musik zweimal – einmal, während wir sie spielen. Und einmal, einen Schlag später, aus dem Lautsprecher oben auf einem Holzgestell. Unsere Musik schallt über das ganze Lager.

Ein Soldat, ich nenne ihn Kamerad Ratte wegen seiner großen Zähne, sitzt hinter Mek, die Hand am Gewehr. »Spielt schnell«, sagt er. »Keine Pause.« Und wir spielen und spielen und spielen, dieselben Lieder, schneller, schneller, immer schneller. Bis Mek auf einmal nicht mehr weiß, welches Lied als nächstes kommt.

Er wird blass. Kamerad Ratte springt auf und schreit ihn an. »Spielt«, sagt er. »Beeilt euch. Jetzt.«

Aber Mek starrt nur in die Luft.

Da hören wir es. Ein Schädel bricht.

Ich schlage schnell eine Saite an. Eine Note, und die anderen stimmen ein. Kamerad Ratte setzt sich wieder. Und Mek wischt sich den Schweiß von der Stirn.

Jetzt verstehe ich: Die Roten Khmer lassen uns spielen, damit niemand das Töten hören kann.

5

Manchmal, wenn die Roten Khmer neue Gefangene bringen, sehe ich Menschen aus meiner Stadt. Ich hoffe jedes Mal, dass diese Leute mich nicht erkennen. Wenn die Roten Khmer sehen, dass ich einen Gefangenen kenne, denken sie vielleicht, dass ich auch schlecht bin.

Eines Tages sehe ich einen Mann aus meiner Stadt, den Taxifahrer mit dem dicken Bauch, den ich immer im Schuh-Spiel geschlagen habe. Es ist derselbe Mann, aber jetzt ist er dünn, hat keinen Bauch mehr, die Haut hängt ihm an den Knochen. Ich sehe ihn auf dem Platz knien, seine Hände hinter dem Rücken gefesselt, und ich denke: Dieser Mann kann mich durch einen Blick umbringen. Ich schmiere mir Dreck ins Gesicht und mache es dunkel, und als ich an ihm vorbeigehe, sehe ich zu Boden.

Doch als ich ganz nahe bei ihm bin, schaue ich auf. Ich weiß nicht, warum. Ich kann meine Augen nicht daran hindern. Er sieht mich direkt an. Aber sein Blick ist leer, er sieht nichts, nicht mich, nicht das Kind, das sich über ihn lustig gemacht und ihm sein Geld abgenommen hat. Und ich denke: Jetzt habe ich ihn ein zweites Mal geschlagen. Warum stirbt er und ich lebe?

* * *

Heute sagt das Mondgesicht zu uns, dass die Musiker einen Ausflug machen. Wir wissen, was das bedeutet. Es bedeutet Mangohain. Die Roten Khmer sagen nie: »Wir töten dich.« Sie sagen immer etwas anderes, wie »Hilf uns mit dem Ochsenkarren« oder »Du bekommst eine neue Hütte«, vielleicht damit die Leute nicht schreien und bitten.

Wenn du schreist oder weinst oder flehst, töten sie dich sofort. Gehst du einfach mit ihnen, ohne etwas zu sagen, töten sie dich auch.

Ich versuche, an meine Familie zu denken, meine Tante, meine Schwestern, meinen kleinen Bruder, sie in meinem Herzen zu halten, bevor ich sterbe. Ich versuche, die verschlossene Tür in meinen Gedanken zu öffnen, hinter der ich sie versteckt habe. Aber es geht nicht. Ich kann sie nicht mehr sehen. Ich kann ihre Gesichter nicht zurückholen.

Die ganze Zeit habe ich mich so angestrengt, um sie zu verstecken, und jetzt kann ich sie nicht mehr finden. Die Roten Khmer reden immer vom Vergessen, und ich habe gedacht, ich kann sie überlisten und meine Familie in meinen Gedanken lebendig halten. Aber jetzt sehe ich, dass die Roten Khmer gewonnen haben. Sie haben meine Familie in meinen Gedanken getötet.

* * *

Sie bringen uns zu einem Lastwagen, und wir fahren eine lange Strecke übers Land. Wir fragen uns, warum sie uns nicht einfach in den Mangohain bringen, wenn sie uns töten wollen?

Kha, mein Schatten, hält meine eine Hand, der Trommler die andere. Mek fragt einen der Roten Khmer: »Wohin bringt ihr die Kinder?«

Der Soldat sagt, an einen anderen Ort, wo wir Musik machen sollen.

Mek senkt den Kopf. Wir kennen diesen Ort. Er ist wie das Dorf der Faulpelze, in das die Kinder kommen, die nicht hart arbeiten. Oder das Ruhelager für die alten Leute, die zu müde zum Arbeiten sind. Man wird an einen anderen Ort gebracht und kommt nicht zurück.

Wir halten vor einem leeren Feld, und der Anführer sagt, wir sollen aussteigen. Wie Geister tun wir, was er sagt, wir gehen an die Stelle, auf die er zeigt, auf einen kleinen Hügel, auf dem hohes, sehr grünes Gras wächst. Wir kennen diese Hügel. Das Gras auf den Leichenhügeln ist immer am grünsten.

Noch zehn Schritte. Acht. Sechs. Der Hügel ist nur noch vier Schritte entfernt. Mein Kopf zittert wie im Fieber. Gleich kommt die Axt. Nur noch zwei Schritte.

Das Mondgesicht schreit »Stopp!«, laut und zornig. Ich knie mich sofort hin. Ich weiß, was passiert, wenn man sich nicht hinkniet. Die Roten Khmer lassen einen absichtlich langsam sterben, vielleicht schneiden sie einem auch die Leber raus und lassen sie auf dem Messer springen.

»Idioten!«, brüllt er. »Zurück zum Wagen.«

Wir stehen langsam auf, vielleicht ist das ein Trick.

»Beeilt euch«, schreit er, jetzt sehr zornig. »Zurück, und holt eure Instrumente.«

Wieder tun wir, was er sagt. Oft sagen die Roten Khmer etwas, und gleich darauf sagen sie das Gegenteil, man tut einfach, was sie sagen.

»Idioten!«, sagt er wieder. »Wie wollt ihr ohne eure Instrumente spielen? Wie wollt ihr die Arbeiter unterhalten?«

Er zeigt auf eine lange Reihe Männer, die hinter dem Hügel auftaucht, alle in schwarzen Kleidern, alle schlammbedeckt von der Arbeit auf dem Feld. Die Arbeiter setzen sich leise auf den Boden, in eine Reihe, zwei Reihen, viele Reihen.

Was der Soldat uns auf dem Laster gesagt hat, ist wahr: Wir sind wirklich hier, um Musik zu machen.

Noch ein Trick der Roten Khmer, um uns Angst zu machen: Manchmal sagen sie die Wahrheit.

* * *

Viele Arbeiter kommen und setzen sich mit gekreuzten Beinen ins Gras. Der Anführer sagt, wir sollen das neue Lied spielen, das über die Arbeiter auf dem Feld.

»Jeder Tag ist wie ein Feiertag«, singen wir. »Frohe Lieder und Freudenrufe ertönen überall, wo der Bauer auf dem Feld arbeitet. Ist die Erde auch wie Stein und die Sonne wie Feuer, nichts ist so stark wie unsere Liebe zur Angka!«

»Ein Hoch auf das neue Kampuchea«, singen wir, »ein wunderbares demokratisches Land der Fülle.« Diese Worte singen wir, und die Männer vor uns, Gesichter wie Totenköpfe, die Wangen groß, die Augen hohl, die Zähne vorstehend, klatschen. Klatschen, ohne zu lächeln, fangen gleichzeitig an, hören gleichzeitig auf.

* * *

Viele Tage lang reisen wir so umher, zu vielen verschiedenen Lagern. Mal sind es nur Männer, mal nur Frauen, mal Frauen und Kinder zusammen. Der Anführer kommt mit und fesselt uns, er fesselt unsere Füße aneinander, damit wir abends, wenn wir fertig sind, nicht weglaufen können, nicht mal zur Latrine.

Und wir riechen das gute Essen, das er und die Anführer der anderen Lager essen, sie essen immer Fleisch, Fisch, und manchmal trinken sie Reiswein. Noch im Traum riechen wir dieses Essen.

* * *

Einer der Jungen singt, ohne zu lächeln, er bewegt nur den Mund. Er spielt auch oft falsch. Der Junge ist klein, jünger als ich und ein sehr guter Musiker. Aber jetzt hat er fast immer Fieber. Wenn er kein Fieber hat, zittert er vor Kälte. Malaria, glaube ich. Ich gebe ihm zum Schlafen mein Hemd, seine Zähne klappern trotzdem die ganze Nacht.

Eines Tages sieht der Anführer, dass der Junge spielt, als würde er schlafen. Er sagt: »Komm mit, ich habe Medizin für dich.«

Wir sehen ihn nicht wieder.

* * *

Als wir zurück in unser Lager kommen, sagt das Küchenmädchen zu mir, ich soll mich ganz hinten anstellen. Als ich dran bin, gibt sie mir eine Extraportion. Sie sagt, ich bin jetzt ein bisschen berühmt, weil ich die Khim spiele. Sie sagt, die Roten Khmer mögen unsere Musik. Sie sagt, es kommen noch mehr hohe Soldaten, um uns zu hören. Sie sagt viel Gutes über mich, aber ich bleibe bescheiden. Wenn du zu stolz bist, heißt es, du liebst dich mehr als die Angka.

Ich bleibe noch eine Weile, setze mich auf einen Sack Reis und rede mit ihr. Man kann sagen, ich flirte mit ihr. Man kann auch sagen, ich lenke sie ab und bohre heimlich ein Loch in den Reissack.

Sie sagt, der Anführer des Lagers mag sie wie eine Freundin oder Ehefrau, deshalb weiß sie, dass er unsere Musik mag. Er ist sehr eifersüchtig, sagt sie. »Wenn er uns hier sehen würde, dich und mich, wir wären beide tot.«

Ich sage: »Schau mal da hinten. Sieht der Mann zu uns rüber?« Sie dreht sich um, und ich stecke eine Handvoll Reis in die Tasche.

* * *

Ich bewahre den Reis lange in meiner Tasche auf. Ich begegne vielen Roten Khmer, Männern, die mich töten können, wenn sie den Reis finden. Aber eins weiß ich: Zeig keine Angst. Wenn du ängstlich aussiehst, hast du was zu verbergen. Wenn du was verbirgst, lass es dir besser nicht anmerken.

* * *

Bei der Versammlung heute Abend sitze ich neben dem Jungen, der jede Nacht nach seiner Mutter weint. Ich sitze ganz still. Wie eine Statue. Meine

Hand ist neben seiner. Meine Augen nach vorne gerichtet. Ganz langsam, Korn für Korn, gebe ich ihm den Reis.

* * *

Eines Tages ist plötzlich ein anderer Mann für das Lager zuständig. Ein Mann in weißen Shorts, ohne Hemd. Der erste Mensch seit über einem Jahr, der nicht schwarz angezogen ist. Es gibt keine Erklärung, wo der alte Anführer ist. Abends bei der Versammlung sagt der Neue nur, die Feinde der Angka seien überall. Er sagt, wir haben immer die Feinde von außen getötet, jetzt müssen wir die Feinde im Inneren töten. Er sagt, wir müssen sie herausschneiden wie Krebs.

* * *

Mit dem neuen Anführer kommt eine neue Art der Versammlung. Jede Woche muss man über seinen Charakter reden und wie hart man in der letzten Woche gearbeitet hat. Außerdem muss man alles Schlechte gestehen, was man in der letzten Woche getan hat. Zu spät aufgestanden. Faul gewesen. Nach Nahrung gesucht. Nach dem Geständnis muss man sagen: »Nun freue ich mich auf das Urteil meiner Kameraden über meinen schlechten Charakter.«

Jeder, der etwas Schlechtes getan hat, muss zur

»Erziehung«. Erziehung bedeutet nicht mehr, auf dem Müllhaufen zu schlafen. Die Kinder, die jetzt zur Erziehung müssen, kommen nicht wieder.

Man kann niemandem trauen. Manche Kinder lügen, denken sich Dinge aus, die andere angeblich getan haben, um sie zu strafen oder vor den Roten Khmer gut dazustehen. Dein eigener Freund muss ihnen sagen, wenn er sieht, dass du nicht arbeitest, sonst kann er bestraft werden. Überall ist jetzt Misstrauen, die ganze Zeit.

* * *

Am nächsten Tag kommen mehrere neue Kinder ins Lager. Tänzer. Tänzer, die marschieren und lächeln und über die Angka singen. Ich lerne die Tanzschritte auch, damit ich in der Musikgruppe und bei den Tänzern mitmachen kann. Vielleicht werde ich noch ein bisschen berühmter. Wenn ich berühmt bin, kennen mich alle. Wenn mich alle kennen, töten die Roten Khmer mich vielleicht nicht.

* * *

Wir üben viele Tage gemeinsam einen großen Tanz. Heiße Tage. Wir marschieren und lächeln und singen über die Ernte, wie glücklich wir sind, wie sehr wir die Angka lieben. Am Ende des Liedes erstarren wir wie Statuen zu einem Bild der Ernte. Ich bücke mich wie zum Reispflücken und richte mich ganz vorne wieder auf, so dass alle ranghohen Roten Khmer mich sehen.

Aber jedes Mal kommt ein großer Junge, der die Fahne trägt, auch nach vorne. Und jedes Mal hält er die Fahne vor mein Gesicht. Jedes Mal.

»He, du«, sage ich. »Nimm die Fahne aus meinem Gesicht.«

Der Junge ist groß, mit langsamen Füßen wie ein Elefant und einem großen traurigen Gesicht. Er sagt, es tut ihm leid. Das nächste Mal wird er daran denken. Aber beim nächsten Mal ist es wieder das Gleiche. Die Fahne hängt vor meinem Gesicht.

* * *

An diesem Abend gibt mir das Küchenmädchen wieder eine Extraportion Reis. Sie sagt, ich bin der Star in der Show. Ich bleibe eine Weile bei ihr und flirte ein bisschen. Außerdem stehle ich ein bisschen Reis für den großen, traurigen Jungen, der immer vergisst, die Fahne aus meinem Gesicht zu nehmen. Reis und einen Maiskolben. Vielleicht erinnert sich sein Magen an mich.

* * *

In dieser Nacht träume ich von Fischsuppe. Mein Lieblingsessen. Es riecht himmlisch und schmeckt unvergleichlich. Als ich aufwache, rieche ich die Suppe wirklich. Ich schleiche mich raus und suche danach, ich kann nicht anders, ich muss.

Auf dem Platz sehe ich den neuen Anführer, weiße Shorts, ohne Hemd, und sechs Soldaten. Ich sehe auch zehn Männer in einer Reihe auf den Knien, die Hände gefesselt, alle nackt. Der Mann in den weißen Shorts hat ein Gewehr mit einem Messer an der Spitze, ein Bajonett. Er zeigt mit dem Bajonett auf die Brust des ersten Mannes in der Reihe. Dann schneidet er ganz schnell die Haut auf und zieht die Leber heraus. So schnell und sauber, dass die Leber im Ganzen am Ende des Messers steckt. Der Mann auf dem Boden ist noch am Leben, seine Leber nicht mehr in ihm, sondern vor seinen Augen. Er weint, schreit »nein, nein«, dann fällt er um.

Der Mann in den weißen Shorts macht das mit jedem Mann in der Reihe. Wie ein Metzger schneidet er jeden Einzelnen auf und zieht die Leber heraus, die Milz, das Herz.

Überall ist Blut. Die weiße Hose, der nackte Oberkörper, alles ist voller Blut.

Ich sehe alles, ich rieche das Blut, das rohe Fleisch. Meine Augen sehen es. Aber ich fühle nichts. Wenn du was fühlst, wirst du verrückt.

* * *

Ein anderer Soldat bringt jetzt die Briefe. Der alte Bote ist weg, weil er einmal das falsche Mädchen mit in den Wald genommen hat. Die Freundin eines ranghohen Roten Khmer. Wir haben ihn nie wieder gesehen. Der Neue kommt aus meiner Stadt, er ist freundlich wie ein Großvater. Er nimmt den Kindern nicht das Essen weg. Er bringt nur die Briefe.

Er sagt mir, dass meine große Schwester Chantou gestorben ist. An einer Krankheit. Im Krankenhaus. Aber ich denke, dass er mir vielleicht nicht die Wahrheit sagen will. Ich denke: Er will mir nicht wehtun. Ich kenne die Roten Khmer. Mit den Mädchen machen sie, was sie wollen. Sie vergewaltigen sie, töten sie. Ich glaube nicht, dass sie im Krankenhaus gestorben ist. Aber ich versuche, daran zu glauben.

Nach dieser Nachricht sind meine Beine wie Wasser. Ich stolpere herum und einen Augenblick lang denke ich, dass ich falle. Wenn ich jetzt falle, stehe ich nie wieder auf. Also gehe ich weiter.

* * *

Am nächsten Tag gibt mir das Küchenmädchen wieder eine Extraportion Reis. Sie sagt, sie hat heute Abend eine Überraschung für mich, und später kommt sie zum Haus, in dem ich schlafe, und sagt: »Komm mit.«

Zu einem Roten Khmer sagt man nicht nein, auch nicht zu einem Mädchen. Sie haben Gewehre und können dich töten, wenn sie wollen, also gehe ich mit ihr zu dem Haus, in dem die Frauen schlafen. Sie legt mich auf ihre Schlafmatte und sagt, ich soll sie umarmen. Sie ist älter als ich, wie meine großen Schwestern, aber sie ist eine Rote Khmer, also lasse ich sie mich küssen. Dann fasst sie mich an. Sie macht Sachen mit mir, die ich nicht kenne. Ich weiß nicht, ob mein Körper das kann, was sie möchte. Ich halte ganz still und in meinen Gedanken gehe ich an einen anderen Ort.

Als sie fertig ist, gibt sie mir ein Stück Zucker. Dieser Zucker ist wie ein Schatz, wie Gold, wie ein Edelstein.

Ich nehme ihn und bringe ihn in das Haus, in dem Mek schläft. Ich halte den Zucker in die Luft und lasse ihn auf seine Brust fallen. Als er aufwacht, sage ich ihm, der Engel ist gekommen, der den Kindern Zucker in den Mund streut. Wir teilen den Schatz und essen ihn, sehr langsam, lassen ihn auf der Zunge zergehen. Dann lege ich mich neben Mek. Wir schlafen dicht beieinander, wie Vater und Sohn, bis der Morgen kommt und ich zurück in mein Haus gehe.

* * *

Heute habe ich Glück. Ich bin wieder als Koch eingeteilt. Ich kann ein bisschen Reis beiseiteschmuggeln. Dieses Mal für mich selbst.

Ein Roter Khmer kommt in die Küche. Am Ende seines Bajonetts steckt etwas. Er legt es auf einen Teller und sagt: »Hier, brat das für mich.«

Ich weiß, was das ist. Eine Leber. Eine menschliche Leber. Von jemandem, der gerade getötet wurde. Sie zappelt noch auf dem Teller.

Ich tue, was er sagt. Ich tue es. Ich brate sie. Ich brate das Fleisch eines Menschen.

Wir sind seit über einem Jahr hier, seit dem essen wir nur Reissuppe. Kein Fleisch, keinen Fisch, keine Gewürze. Ein Körper, der ein Jahr lang nichts anderes zu essen bekommen hat, hat einen großen Bauch mit nichts darin, Haut wie eine Eidechse und schwarzes Zahnfleisch. Und das Ding in der Pfanne riecht gut. So gut, dass ich es essen will. Ich will dieses Fleisch essen. Ich bin hungrig, und es riecht so gut.

Aber ich tue es nicht. Denn dann würde der nächste Küchenjunge mich essen.

* * *

Heute Abend will ich zu Mek und ihm sagen, was in der Küche passiert ist, aber ich beeile mich so, dass ich auf einen Zweig trete. Der Soldat, der den Reis bewacht, ruft »Halt!«.

»Verräter«, sagt er. »Komm heraus und zeig mir dein Gesicht.«

Das ist der Tod. Nachts alleine draußen zu sein ist der Tod. Aber Weglaufen ist auch der Tod. Ich hebe die Hände und komme aus dem Gebüsch.

Der Rote Khmer hebt sein Gewehr, bereit zum Schießen. »Bist du nicht der Khimspieler?«

Ich nicke.

Er lässt das Gewehr sinken. »Geh zurück ins Bett«, sagt er.

* * *

Der große Tänzer mit der Flagge heißt Siv. Seit ich für ihn Essen aus der Küche schmuggele, bemüht er sich sehr, die Flagge nicht vor mein Gesicht zu halten, aber manchmal vergisst er es trotzdem. Jedes Mal sagt er, nächstes Mal wird er dran denken. Dabei lächelt er verlegen. Es ist lange her, dass ich jemanden habe lächeln sehen, und ich denke: Vielleicht soll ich ihn warnen. Wen die Roten Khmer lächeln sehen, töten sie. Aber dieser Junge ist so freundlich, so einfach, ich glaube, er kann seine Gefühle nicht verbergen.

Er ist groß und kräftig, aber ich sehe, wie er jeden Tag kleiner wird wegen zu harter Arbeit und zu wenig Essen. Einmal stürzt er beim Üben, und auch die Flagge fällt zu Boden. Der Rote Khmer, der uns bewacht, wird sehr böse und sagt, Siv muss mit ihm kommen und über seinen schlechten Charakter sprechen.

In Sivs Gesicht sieht man die Angst. Wir alle wissen von dem Jungen, der Malaria hatte, was mit Siv passieren wird. Wir werden ihn nicht wiedersehen.

Ich sage dem Soldaten, dass es mein Fehler war. Ich sage: »Ich habe ihm aus Versehen ein Bein gestellt.« Ich weiß nicht, warum ich das sage, aber ich habe keine Angst. Ich fühle mich, als müsste ich diesen Tollpatsch beschützen, der über seine eigenen Füße stolpert, diesen Jungen, der sich immer anstrengt, die Flagge nicht vor mein Gesicht zu halten.

Dem Wächter gefällt das nicht. Vielleicht weiß er, dass ich nicht die Wahrheit sage. Er macht ein ärgerliches Gesicht, aber er sagt: »In Ordnung, geht wieder an die Arbeit.«

Da weiß ich, dass ich Macht habe. Macht, weil ich die Khim spiele und die anderen Sänger anführe. Und weil ich ein Tänzer bin. Macht, weil ich so etwas wie der Star in der Show bin. Mit dieser Macht fühle ich mich anders, größer als die anderen Kinder. Ich habe Siv das Leben gerettet. Niemand widerspricht den Roten Khmer. Nur ich kann es vielleicht.

6

Dieses Mal ist die Ernte schlecht. Der Boden wurde zu stark beansprucht, zu oft bebaut, ohne sich erholen zu können, und die Erträge sind gering. Aber die Roten Khmer sagen, es liegt an den faulen Arbeitern. Jetzt haben wir noch weniger zu essen. Die Reissuppe ist wie graues Wasser, am Boden der Schale liegen Spreu und manchmal kleine Steine. An manchen Tagen gibt es gar keine Suppe.

Ich kenne die Kinder, die hier arbeiten, jetzt seit fast zwei Jahren. In diesen zwei Jahren sind sie nicht gewachsen. Sie sind nur alt geworden.

Alle haben geschwollene Bäuche, wie Ballons. Knie und Ellbogen groß wie Melonen. Manche Kinder haben gelbe Haare bekommen. Manchen fallen die Haare aus. Manche Kinder haben nach außen gebogene Fingernägel, wie Löffel. All diese Kinder sind hungrig, aber manchmal können sie nicht einmal essen. Sie haben keine Kraft mehr dazu.

Ich kann nur noch Spreu stehlen. Das ist keine Nahrung. Es ist die Hülle des Reiskorns, das, was nach dem Dreschen übrig bleibt. Menschen können das nicht essen. Nur Schweine. Für Menschen ist das viel zu hart. Verwandelt die Kacke in Stein. Aber wenigstens kackt man überhaupt.

* * *

Heute Abend wird ein neuer Zeitplan vorgestellt. Wir arbeiten jetzt von 1 Uhr bis 7 Uhr, 7 Uhr 30 bis 13 Uhr, 13 Uhr 30 bis 19 Uhr, 19 Uhr 30 bis 23 Uhr. Tag und Nacht sind jetzt gleich.

Das Wort »schlafen« ist nicht mehr erlaubt. »Pause« darf man sagen, aber nicht »schlafen«. Das Wort gibt es nicht mehr.

* * *

In vielen Nächten holt mich das Küchenmädchen und lässt mich bei sich liegen. Ich sage, dass wir beide getötet werden können, wenn es jemand herausfindet. Sie sagt nur, sie kann mich selbst töten, wenn sie will.

Wenn sie mit mir fertig ist, gibt sie mir Zucker oder Reis, aber ich schmecke nur Staub. Ich hebe den Reis für Siv oder Kha auf. Ich gebe ihnen den Reis, wenn sie schlafen, lege ihn neben ihren Kopf auf die Matte. Ich schüttele sie ein bisschen, um sie zu wecken, dann verstecke ich mich. Sie sehen den Reis und essen ihn wie im Traum. Sie schauen sich nie um, woher er kommt. Denn sie wissen, wenn ich es bin, der ihnen den Reis gegeben hat, müssen sie mich irgendwann verraten.

Den Zucker gebe ich Mek. Manchmal hebe ich ihn auch auf. Für eine Nacht, in der ich nicht schlafen kann, weil so viele Kinder stöhnen und weinen und es nach Durchfall riecht. In solchen Nächten stehe ich auf und gehe zu Mek. Jetzt, wo ich ein bisschen berühmt bin, sagen die Wächter nichts, wenn sie mich sehen.

Wenn Mek schläft, lasse ich das Zuckerstück auf seinen Kopf oder seine Brust fallen, damit er aufwacht. Er denkt immer, ein Stein ist auf ihn gefallen. Dann beißt er darauf und lächelt. In diesen Nächten schlafen wir eng beieinander, wie Vater und Sohn. Das ist das einzig Gute in diesem Lager, die Nächte bei Mek.

Eines Nachts ist es im Schlafsaal so schlimm, dass ich zu Mek gehe, aber ich habe nichts für ihn. Keinen Zucker, keinen Mais. Stattdessen lasse ich einen kleinen Stein auf seine Brust fallen. Er wacht auf, denkt, es ist Zucker und beißt auf den Stein. Er schaut empört und tut so, als würde er mir den Hintern versohlen, weil ich ihn ausgetrickst habe. Dabei lächelt er und sagt, heute hat er eine Überraschung für mich.

Wir legen uns hin, und ganz leise summt er mir die alten Lieder vor, Lieder, die jetzt verboten sind, nach dem Jahr null. Alte kambodschanische Liebeslieder, aber auch Songs von den Beatles und amerikanische Popsongs. Ohne Worte, nur ein kleines Summen im Hals, wie das Schnurren einer Katze. Als wäre Mek eine große Katze, und ich, an seine Seite gekuschelt, ein kleines Kätzchen.

* * *

Wir machen jetzt dreimal am Tag Musik. Manchmal sogar nachts. Wir können die Lieder mittlerweile im Schlaf. Wenn sie uns an unsere Instrumente schicken, wissen wir, dass es jetzt Zeit zum Töten ist. Wir spielen schnell und ohne Pausen, um die Geräusche zu übertönen, aber man hört sie trotzdem. Brechende Schädel. Man hört sie jeden Tag. Jeden Tag hört man den Tod.

* * *

Heute Abend spielen wir vor echten Zuhörern. Nicht nur vorm Mikrophon. Mehrere hohe Rote Khmer schauen zu. Ihre Gesichter glänzen orange im Lichtschein. Wie Kürbisse. Fette, runde Gesichter. Keine Totenköpfe wie wir Kinder. Runde Gesichter von gutem Essen, Fleisch, Fisch, Zucker.

Ein Gesicht in der Menge ist winzig wie das Gesicht einer Maus. Die Augen scheinen mich zu kennen. Als das Konzert vorbei ist, kommt das Mäusemädchen zu mir. »Arn«, sagt sie. Es ist die Stimme meiner kleinen Schwester, oder eher ihr Geist. »Arn, ich bin es. Sophea.«

Dieses Mädchen ist meine Schwester, die auf Bäume klettern und fluchen konnte. Jetzt sieht sie aus wie eine alte Frau mit dünnem Haar, faltiger Haut und ausgefallenen Zähnen.

»In meinem Lager haben wir gehört, dass du hier singst«, sagt sie. »Die Tante hat gesagt, geh zu Arn, vielleicht hat er etwas zu essen für uns.«

Ihr Lager ist sehr weit weg. Zwei Tagesmärsche. Und die Roten Khmer haben überall Patrouillen. Ich weiß nicht, wie meine Schwester es hierher geschafft hat. Ich sage ihr, sie soll warten, und gehe zum Küchenmädchen. Ich bitte sie um Essen und sage, sie kann mit mir machen, was sie will, wenn sie mir etwas zu essen gibt.

Meine Schwester schläft im Gras, als ich zurückkomme. Sie schläft wie tot. Ich gebe ihr drei Maiskolben – einen für sie, einen für meine Tante, einen für meinen kleinen Bruder.

Sie gibt mir einen Maiskolben zurück. »Munny ist tot«, sagt sie. »Er ist gestorben, nachdem du weg warst. Er hat immer nach dir gerufen. Er wollte, dass du ihm Palmzucker bringst.«

Ein Junge im Schlafsaal ist erst fünf Jahre alt, ein kleines Kind. Nachts verschwindet er. Ich weiß nicht, wohin, vielleicht sucht er nach Essen. Wenn die Roten Khmer das merken, können sie ihn töten. Sie können auch mich töten, weil ich ihn nicht aufgehalten habe. Ich weiß das, aber ich bin zu müde, um nach ihm zu suchen.

Morgens um fünf ist der Junge zurück. Er schläft wie ein Toter, er schcint nicht mal zu atmen. Der Wächter sagt zu mir: »Weck ihn auf.« Der Junge ist so klein, er hat nicht mal Schneidezähne, und ich lüge für ihn. »Der Junge ist zu krank zum Arbeiten«, sage ich.

In der nächsten Nacht verschwindet er wieder. Ich schleiche nach draußen und finde ihn, wie er Gras isst. »Mach das nicht«, sage ich. »Sie werden dich töten.«

Er lächelt wie ein Verrückter, sein Mund ist grün vom Gras. Ich bringe ihn zurück ins Bett. Am nächsten Morgen schläft er wieder wie ein Toter, wie ein Geist. Ich sage, er ist immer noch krank. »Er ist nicht krank«, sagt der Rote Khmer. »Er ist faul. Wir werden ihn töten.«

Ich flehe ihn an. »Bitte nicht!« Ich weiß nicht, warum ich das mache. Man kann zu einem Roten Khmer nicht »bitte« sagen, aber ich tue es trotzdem.

* * *

In der nächsten Nacht kann ich nicht schlafen. Zu viele Kinder schreien, weinen und stöhnen. Ich weiß nicht, ob ich träume oder wach bin. Ich schaue nach dem kleinen Jungen. Er ist nicht da.

Ich suche überall nach ihm. Im Mangohain bewegt sich etwas. Es riecht dort schlecht. Manchmal blähen sich die Leichen auf und kommen aus der Erde. Ich habe Angst vor diesem Ort, Angst vor den Geistern, aber ich gehe trotzdem hin.

Da sehe ich den kleinen Jungen. Er sitzt zusammengekauert am Boden, hält den Arm eines Toten und kaut. Ich weiß nicht, seit wann er das schon macht, das rohe Fleisch isst, Menschenfleisch, aber ich weiß jetzt, warum er morgens immer so fest schläft.

* * *

Am nächsten Tag sagen die Roten Khmer, dass aus der Küche Reis gestohlen wurde, und sie beschuldigen den Jungen. Heute bin ich zu müde, um zu bitten.

Sie fesseln und schlagen ihn. Er weint nicht. Er weint nicht, weil er keine Gefühle mehr hat. Er ist schon ein Geist.

Ich habe ihn sterben lassen. Weil ich jetzt auch ein Geist bin.

* * *

Ich habe eine neue Aufgabe. Ich muss mit einem anderen Jungen jeden Abend in den Mangohain gehen. Dort nehmen wir den Gefangenen die Kleider ab, bevor sie getötet werden. Ich weiß nicht, warum wir die Kleider nehmen. Vielleicht werden sie noch einmal benutzt.

Die Gefangenen, meist sind es Männer, aber auch Frauen und Kinder, schreien uns manchmal an. Manchmal flehen sie. Meistens bleiben sie ruhig.

Sie knien sich auf den Boden, und der Anführer in den weißen Shorts erschlägt sie mit der Axt. Dann schieben der andere Junge und ich sie ins Grab.

Manchmal schlägt er zu, aber die Leute sterben nicht. Dann sagt er: »Begrabt sie trotzdem.«

Manchmal verfluchen mich die Leute aus dem Grab.

Später höre ich ihre Stimmen in meinem Kopf. Ich höre sie die ganze Zeit.

* * *

Manchmal mache ich mit geschlossenen Augen Musik. In diesen Momenten bin ich weit weg, im Himmel oder so, dort ist es ganz ruhig. In diesen Momenten entkomme ich. Ich schwebe über der Erde, wie eine Wolke. Ich habe nicht mal einen Körper, ich bin nur ein Klang, ich reite auf dem Wind und die Sonne funkelt auf mir, der Wind kitzelt mich, hebt mich höher, höher, bis in meinem Kopf kein Gedanke mehr ist, nur noch Musik.

Dann öffne ich die Augen und komme zurück. Zum Gestank. Dem Blut. Den Leichen. Und der Angst. Immer Angst.

* * *

Heute Abend tut mein Bauch so weh, dass ich es nicht zur Latrine schaffe. Ich muss neben dem Teich anhalten. Ich gehe in die Hocke und warte, aber es kommt nichts. Kein Wasser. Nur Schmerzen.

Ich höre Schritte. Ein Mann läuft in meine Richtung und ruft: »Nicht schießen. Bitte nicht schießen.« Er kommt direkt auf mich zu, näher und näher, er flieht vor den Roten Khmer. Die Soldaten, die ihn verfolgen, schießen auf ihn, schießen überallhin. Es ist dunkel, alle tragen Schwarz und ich denke: Vielleicht können sie mich nicht sehen. Wenn sie glauben, ich bin der Flüchtling, werden sie mich erschießen. Wenn sie mich nicht sehen, werden sie mich auch erschießen. So oder so werden sie mich erschießen.

Ich warte auf den Schuss. Ich warte darauf, getötet zu werden. Es ist dunkel, aber ich kann die Schüsse weiß blitzen sehen. Sie schießen in alle Richtungen – peng! peng! – wie verrückt. Ich sehe das Wasser im Teich vor mir spritzen. Dann höre ich ein weiches, feuchtes Geräusch, eine Kugel, die einen Körper trifft.

Der Mann kommt immer näher und stürzt. Er fällt genau auf mich.

Dieser tote Mann, der jetzt auf mir liegt, hat mich gerettet.

* * *

Die Roten Khmer töten alles, was sie hassen. Manchmal hassen sie auch sich selbst. Sie glauben immer, dass jemand schlecht ist, und sie testen ihn, stellen ihm gemeine Fragen. »Liebst du die Angka? Mehr als deinen Bruder? Ist dein Bruder schlecht? Dann sag es uns. Ist er faul, stiehlt er?« Sagst du nein, töten sie dich. Sagst du ja, töten sie deinen Bruder. Und dann töten sie dich auch.

Sie reden einander mit freundlicher Stimme an und sagen »Kamerad dies« und »Kamerad das«. Heute bist du Kamerad. Morgen bist du tot.

* * *

Immer kommen neue Gefangene ins Lager. Sie werden nicht mehr versteckt. Die Roten Khmer führen sie mitten über den Platz. Aneinandergefesselt, die Köpfe gesenkt. Sie schlagen sie vor unseren Augen, damit wir sehen, was mit Leuten mit schlechtem Charakter passiert. Die Roten Khmer beobachten uns die ganze Zeit. Sie wollen sehen, ob du ein Gefühl für das Opfer zeigst. Wenn ja, töten sie dich.

Einmal ist es die Schwester eines Jungen aus meinem Haus, die auf den Platz geführt wird. Der Junge sieht sie. Die Schwester sieht ihn auch. Aber sie schaut weg. Sie tut, als würde sie ihn nicht kennen. Sie weiß, dass er getötet werden kann, weil er mit ihr verwandt ist.

Die Roten Khmer schlagen jeden Gefangenen mit einem Stock und zwingen uns, zuzuschauen. Jetzt ist die Schwester des Jungen dran. Ich halte seine Hand und drücke sie ganz fest. Sie schlagen sie mit einem Stock, ihren Kopf, ihre Schultern, ihre Beine, und jedes Mal drücke ich seine Hand, damit er nicht schreit. Sie hält den Kopf aufrecht, dann sinkt sie zu Boden, kein Leben mehr in ihr. Ganz langsam, ganz leise führe ich den Jungen weg.

* * *

Ein neuer Soldat bewacht jetzt die Musikgruppe. Der alte ist einmal beim Proben eingeschlafen und der neue hat ihn erwischt. Wir haben den alten Wächter nie wieder gesehen.

Vor dem neuen Wächter haben wir alle Angst. Selbst Mek. Er wird blass, sobald dieser Kerl den Raum betritt. Er ist groß und hat kleine Augen wie ein Hai. Er beobachtet mich die ganze Zeit. Er beobachtet alle, aber besonders mich, als würde er wissen, dass ich etwas Schlechtes getan habe.

Eines Tages nach der Probe sagt er, ich soll noch dableiben. Die anderen Jungen haben so eine Angst, dass sie mir nicht ins Gesicht sehen können. Siv sieht aus, als würde er sich übergeben müssen. Diese Jungen, für die ich stehle, die ich beschütze, wollen weinen, aber sie dürfen nicht. Ich sage zu ihnen: »Schon in Ordnung, wir sehen uns später.« Auch wenn wir nicht wissen, ob wir uns jemals wiedersehen.

Als die anderen Kinder weg sind, fleht Mek den Soldaten an: »Töte mich, ich bin alt. Aber lass den Jungen in Ruhe.« Aber der Soldat sagt nur, Mek soll verschwinden. Ich sage ebenfalls, Mek soll verschwinden, meine Stimme ist beinahe zornig. »Denk daran, was ich gesagt habe«, sage ich zu ihm. »Wenn du nicht lebst, können die anderen Kinder auch nicht leben.« Dann schubst der Soldat Mek aus der Tür.

»Knie dich auf den Boden«, sagt er zu mir. Er bindet mir sein rot-weißes Tuch um die Augen. Es ist auf einmal ganz dunkel und still, sehr still in diesem Tuch, in dem ich auf den Tod warte.

»Du hältst dich wohl für was Besonderes?«, sagt er. »Du hältst dich für einen guten Musiker, was?«

Es gibt keine richtige Antwort auf diese Frage.

Ich kann mit dem Tuch um die Augen nichts sehen, aber er gibt mir die Bambusschlägel in die Hand. »Spiel«, sagt er. »Wollen wir mal sehen, wie gut du jetzt spielst.«

Ich denke an den alten Mann, der mir gezeigt hat, die Khim zu spielen. Ich denke an all die Proben, dreimal am Tag, jeden Tag, und weiß, dass ich es kann. Ich lasse den Schlägel sinken und ein Klang ertönt, dann ein weiterer, dann viele weitere, ganz schnell. Es ist, als würde das Instrument sich selbst spielen.

Als ich fertig bin, nimmt er mir das Tuch ab und lässt mich gehen. Sein Gesicht ist ausdruckslos. Aber er beobachtet mich den ganzen Weg zurück zum Tempel.

* * *

Als ich in dieser Nacht zu Mek komme, sieht er aus, als würde er ein Gespenst sehen. Er kneift mich, zieht mich an den Haaren, um sicherzugehen, dass ich ein echter Junge bin. Dann packt er mich und hält mich ganz fest. Wir schlafen wie immer, wie Vater und Sohn, aber ich glaube, Mek hat einen Albtraum, denn er weint im Schlaf.

Am nächsten Tag sehen die anderen Kinder mich an, als könnte ich zaubern. Sie berühren meine Arme, als würden meine Zauberkräfte auf sie abfärben, und Siv, der einfache Siv, lässt seine Flagge fallen, hebt mich in die Luft und erdrückt mich dabei fast.

* * *

Am nächsten Tag flirte ich ein bisschen mit dem Küchenmädchen und nehme eine Handvoll Reis aus dem Sack. Das mache ich jetzt dauernd, nicht einmal besonders heimlich, ich stecke den Reis einfach in die Tasche.

Als ich über den Platz gehe, beobachtet mich der neue Wächter sehr misstrauisch. Aber ich mache ein ausdrucksloses Gesicht wie immer.

Später muss ich auf dem Weg zur Versammlung an dem Wächter vorbei. Ich halte meine Hand vor die Tasche, damit niemand sehen kann, dass sie sich ausbeult. Aber dieser Typ sieht es. Er schaut mich aus seinen Haifischaugen so scharf an, dass ich weiß, er kann in meine Tasche sehen. Er sieht mich so scharf an, dass ich denke: Seine Augen können mich töten. Aber er tut nichts. Er sieht mich nur an.

* * *

Der neue Wächter heißt Sombo. Ich frage das Küchenmädchen über ihn aus. Sie sagt, er ist der Leibwächter von einem der Anführer. Er ist sehr streng. Zwei Gewehre, eins auf jeder Seite, und immer ein finsteres Gesicht. »Alle haben vor ihm Angst«, sagt sie. Er ist so still. Und immer starrt er einen an.

* * *

Ausgerechnet Sombo erwischt mich noch einmal, als ich etwas Verbotenes tue. Dabei bin ich weder in der Nähe des Übungsraums noch der Küche. Egal wo ich hingehe, er ist auch da. Sonst niemand. Aber er immer. Er sieht mich beim Tamarindenbaum, wie ich die Früchte esse. Seine kleinen Haifischaugen starren mich direkt an, während ich kaue.

Ich gehe geradewegs zu ihm. »Warum schlägst du mich nicht?«, frage ich. »Warum sagst du den anderen nicht, dass ich Reis stehle?«

Er sagt noch immer nichts.

»Wenn die anderen rausfinden, dass du mich deckst, schlagen sie dich. Vielleicht töten sie dich«, sage ich.

Er dreht sich wortlos um und geht weg. Und dieses Mal bin ich es, der ihn beobachtet.

* * *

Ich beobachte ihn die ganze Zeit. Ich sehe, wie er mit dem Fuß wippt, wenn wir Musik machen. Ich sehe, dass sein Gesicht wie das Gesicht eines Babys ist. Kein Bart. Weiche Wangen. Dieser strenge Kerl ist ein Kind. Höchstens fünf Jahre älter als ich. Viele der Soldaten der Roten Khmer sind noch Jugendliche, aber dieser hier macht immer ein finsteres Gesicht, damit er älter aussieht. Er sagt nichts und schaut misstrauisch, damit er streng aussieht. Aber eigentlich ist er ein Kind.

Außerdem schreit er uns nie an. Schreit auch Mek

nie an. Seine Stimme ist streng, wenn wir bei der Versammlung spielen, wenn die Anführer feiern. Aber wenn nur wir Kinder da sind, schreit er nicht und schlägt nicht. Ich sage zu Mek: »Sombo ist nicht wie die anderen Roten Khmer.«

* * *

Sombo lässt mich jetzt oft nach dem Üben noch für ihn spielen. Die ersten Male hat Mek sich hinter dem Haus versteckt, aus Angst, dass mir etwas passiert. Aber bald lässt er mich mit Sombo allein. Ich spiele für ihn, ohne verbundene Augen. Wir reden nicht.

Eines Tages frage ich ihn wieder, warum er den anderen nicht sagt, dass ich Reis stehle.

»Ich sehe, was du tust«, sagt er. »Du gibst den anderen Kindern etwas ab. Deshalb sage ich nichts.«

Jetzt hat er etwas gesagt, und ich weiß nicht, was ich darauf erwidern soll.

»Bevor die Roten Khmer kamen«, sagt er, »war ich ein Waisenkind und immer hungrig. Ich habe alles getan, um etwas zu essen zu bekommen, und die Leute haben schlecht über mich geredet und mich geschlagen.« Er schaut zum Reisfeld, wo die anderen Kinder arbeiten, obwohl Abend ist. »Warum sollte ich das den Kindern antun?«

Also gibt es wenigstens einen guten Roten Khmer, denke ich. Im Inneren ist Sombo gut.

An vielen Abenden spiele ich für Sombo. Wir sitzen nach dem Essen unter einem Baum, und ich spiele auf der Khim. An diesen Abenden kann ich mich in der Musik verlieren, weil ich nicht singen muss, nur spielen. Kein blutrotes Feld, keine Ehre der Angka, nur Töne. In den Tönen ist kein Hass. Der Hass ist in den Worten. Und die Musik dient auch nicht dazu, das Geräusch des Tötens zu übertönen, der brechenden Schädel. Sie ist nur für diesen Roten Khmer, der eigentlich bloß ein Kind ist, das den harten Mann spielt. So wie ich.

* * *

Eines Abends zeige ich ihm, wie man auf der Khim spielt, so wie der alte Mann es mir gezeigt hat. Seine Hände sind ungeschickt, seine Haut hart von der Arbeit. Ich sage ihm, er soll die Saiten so leicht berühren wie ein Kolibriflügel. Da hält er den Bambusschlägel zart wie ein Mädchen, und im Inneren lächele ich über diesen Roten Khmer, diesen harten Kerl, der so sanft Musik macht.

Als wir zurück zum Lager gehen, frage ich ihn, warum die anderen Roten Khmer so schlecht sind.

Sombo sagt, das ist keine Frage von gut oder schlecht. Sie töten, damit sie nicht getötet werden.

7

Es gibt mehrere Möglichkeiten, die Zeit zu messen, seit wir hier sind. Eine ist: die Jahreszeiten zählen. Es gab acht Ernten, das heißt, zweieinhalb Jahre. Zwei- oder dreimal im Jahr bekommen wir neue schwarze Kleider. Nur ein Hemd und eine Hose. Nur eins, weil niemand etwas besitzen darf. Kein Spielzeug, kein Kissen, keine Schale. Nichts.

Eine andere Art, die Zeit zu messen: wie oft sie uns zum Waschen in den Teich lassen. Etwa einmal alle sechs Wochen. Die Kleider stinken. Nach Kacke und Schweiß. Sie sind steif vom vielen Tragen. Aber manchmal haben wir eine Stunde Zeit, und die Roten Khmer sagen: »Ab in den Teich.« Alle zusammen. Auch die Kinder, die eigentlich zu schwach sind.

Als ich klein war, habe ich es geliebt, im Wasser herumzutollen. Springen. Einen Salto machen. Meine Schwestern mit Blutegeln bewerfen. Das gibt es hier nicht. Hier teilen sie uns zum Baden auf. Mädchen und Jungen getrennt. Kha sagt, wir können die Mädchen beim Baden sehen, wenn wir uns hinter dem Haus verstecken, in dem wir schlafen. Siv kichert und schließt die Augen.

Ich lege die Hände vor die Augen, aber ich schaue hindurch. Die Mädchen schämen sich, als sie die Uniform ausziehen. Sie haben Angst, ihre Brüste zu zeigen und ihre Hintern. Sie sehen nicht wie die Tänzerinnen aus, die im Tempel an die Wand gemalt sind, mit runden Hüften und Brüsten. Sie sehen aus wie alte Frauen. Nur Knochen und Haut wie Papier. Manchen fallen die Haare aus. Als wir das sehen, wollen wir nicht mehr gucken.

Als wir mit dem Baden dran sind, machen wir ein bisschen Spaß. Ich und Kha und Siv tun so, als wären wir Elefanten und prusten Wasser durch die Nase. Kein wildes Spritzen. Keine lauten Scherze. Dazu haben wir nicht die Kraft. Wenn man zu wild spielt, ertrinkt man. Wir spielen nur ganz zahm mit dem Wasser. Und tauchen ein bisschen. Halten uns die Nase zu und tauchen unter Wasser, wo alles ruhig und dunkel ist. Kein Gestank, keine Musik aus dem Lautsprecher. Keine Roten Khmer.

Aber wir können uns nicht ertränken. Wenn wir nach unten schwimmen, kommen wir von allein wieder hoch. Weil der Magen leer ist.

* * *

Alle hier haben Angst. Nicht nur wir Kinder, auch die Roten Khmer. Die einfachen Soldaten müssen immer den Anführer preisen und tun, was er sagt, damit sie nicht weggeschickt werden. Auf den Müllhaufen oder in den Mangohain.

Dann sagt eines Tages jemand, dass der Anführer ein Verräter ist, und jetzt muss er selbst in den Mangohain. Dann ist ein anderer Mann der Anführer, und alle Soldaten tun so, als hätten sie den alten nie gekannt.

Ich sehe jetzt, dass auch die Roten Khmer alles tun, um zu überleben. Genau wie wir. Es geht uns allen gleich. Wir schauen immer, woher der Wind weht.

* * *

Eines Tages sehe ich Sombo mit dem neuen Anführer durchs Lager gehen. Ich laufe zu ihm und frage, wohin sie wollen. Der andere sieht mich an wie Ungeziefer und zieht Sombo weiter. Sombo starrt mich mit seinen Haifischaugen an, als würden wir uns nicht kennen, und schickt mich weg.

Ich ziehe an seinem Ärmel und sage, dass ich mit ihm kommen will.

Da macht Sombo ein wütendes Gesicht, gemein und hässlich, und flucht. Er spuckt auf den Boden und beschimpft mich mit einem schlimmen Wort.

Als ob er mich hasst. Er schubst mich so fest, dass ich zu Boden falle. Ich sehe nur noch seinen Rücken, als er mit dem neuen Anführer weitergeht.

Wie schnell der Wind sich drehen kann. Jetzt will auch Sombo, der immer so nett zu mir war, nichts mehr von mir wissen.

* * *

In dieser Nacht gehe ich zu Mek und erzähle ihm, was passiert ist. Ich sage, dass ich Sombo hasse, dass er uns getäuscht hat, dass er genau wie die anderen ist. Aber Mek schüttelt den Kopf.

»Sombo hat dich schon viele Male gerettet«, sagt er. »Und auch dieses Mal hat er dich gerettet.«

Ich verstehe nicht, was er meint.

»Weißt du es noch nicht?«, sagt Mek. »Sombo steckt selbst in Schwierigkeiten. Er hat einem Gefangenen Wasser gebracht, einem Anhänger des alten Anführers. Ein kleiner Junge, ein Spion des neuen Anführers, hat Sombo verraten. Sombo muss ins Gefängnis.«

»Aber warum hat er mich beschimpft?«

»Damit du ihm nicht folgst und auch bestraft wirst.«

* * *

Ich denke die ganze Zeit an Sombo. Ich mache mir Sorgen, dass er im Gefängnis verdurstet. Dass der neue Anführer ihn schlägt. Oder tötet. Ich überlege, wie ich zum Gefängnis kommen kann. Vielleicht kann ich ihm Wasser bringen, vielleicht kann ich ihm zur Flucht verhelfen.

Ich warte den ganzen Tag auf eine Gelegenheit. Beim Abendessen schnappt mich einer der Soldaten und sagt, er hat eine Aufgabe für mich. Ich weiß, was für eine Aufgabe das ist. Die gleiche wie damals, als sie den alten Musiklehrer in den Mangohain gebracht haben. Ich soll zusehen, was sie mit Sombo machen. Ich habe nicht einmal mehr Angst. Ich bin kein Kind mehr. Ich bin selbst wie ein alter Mann.

Der Soldat schleift mich und Siv zum Tempel. Im Tempel wird gefoltert. Die Soldaten haben gefesselte Gefangene bei sich. Ich suche mit den Augen nach Sombo. Aber die Gefangenen sind nur alte Leute.

»Diese Menschen sind schlecht«, sagt einer der Roten Khmer. »Sie sind alt und arbeiten nicht hart. Sie werden sowieso bald sterben.« Dann nimmt er die Axt und schlägt ihnen auf den Hinterkopf. Überall ist Blut. Die Wand des Tempels, die schön bemalten Steine, sind mit Blut bedeckt.

Jetzt, sagt der Rote Khmer, sind wir dran. »Ihr«, sagt er, »pisst auf sie. Pisst ihnen auf den Kopf.«

Ich denke: Das tue ich nicht, das tue ich nicht.

Aber dann sehe ich nach unten. Urin kommt aus mir heraus.

* * *

Hinterher verlassen Siv und ich den Tempel. Wir schämen uns so sehr, dass wir uns nicht ansehen können. Siv weint wie ein Baby. Dann packt er meinen Arm. Mitten durch das Lager kommt uns Sombo entgegen. Ein Geist, denke ich, aber als er lächelt, weiß ich, dass er es wirklich ist. Wir laufen zu ihm, und er erklärt es uns.

Der neue Anführer hat gesagt, dass Sombo korrupt ist und getötet werden muss. Dann hat jemand anders gesagt, dass der neue Anführer selbst korrupt ist. Es gab einen Kampf, und plötzlich ist der alte Führer wieder an der Macht. Er hat Sombo befreit.

Schon wieder hat der Wind gedreht.

* * *

Jetzt, wo Sombo wieder da ist, spiele ich jeden Abend für ihn. Manchmal lässt er mich danach sein Radio hören. Auf einem Sender spricht die Angka. Sie sagt, die Reisfelder in Kambodscha sind erfüllt von den Freudenrufen der Bauern. Eine gute Ernte steht bevor. Bald werden alle Menschen in Kambodscha jeden Tag Nachtisch essen können.

Hier verhungern die Kinder. Hier sehen selbst die

Reispflanzen krank aus. Der Boden ist müde vom Pflanzen und Pflanzen und Pflanzen ohne Pause. Wie die Kinder. Krank vom Arbeiten und Arbeiten und Arbeiten ohne Pause.

Ein anderer Sender heißt Voice of America. Wenn wir erwischt werden, wenn wir diesen Sender hören, sterben wir. Voice of America sagt, dass Soldaten aus Vietnam über die Grenze kommen, um gegen die Roten Khmer zu kämpfen und die Herrschaft in Kambodscha zu übernehmen. Sie sagen, viele Meilen von hier, an der Grenze, haben die Kämpfe bereits begonnen. Sombo dreht das Radio aus, bevor ich mehr hören kann.

Ich zeige Sombo nicht, dass ich aufgeregt bin. Vielleicht werden wir jetzt bald befreit. Als ich klein war, hat man uns erzählt, dass die Vietnamesen Teufel sind, die den Menschen die Ohren abschneiden und sie töten. Manchmal auch die Zunge. Und dass sie kleine Babys kochen und essen. Ich denke: Vielleicht können dieses Teufel ja die Roten Khmer besiegen. Aber als ich mich schlafen lege, bekomme ich Angst. Angst, dass die Vietnamesen auch uns umbringen. Weil wir den Roten Khmer geholfen haben.

* * *

Ich werde im Lager immer berühmter. Die anderen Kinder machen entweder Musik oder sie tanzen, ich bin der Einzige, der beides kann, immer mit einem breiten Lächeln im Gesicht. Der Anführer mit der weißen Hose wird auf mich aufmerksam. Ich muss zu ihm ins Haus kommen und für ihn spielen. »Die anderen nicht«, sagt er, »nur der Khimspieler.«

Kha und Siv machen besorgte Gesichter. Mek stößt einen würgenden Laut aus. Aber ich habe keine Angst. Ich bin aufgeregt, vielleicht kriege ich etwas Gutes zu essen, für mich, für Kha, für Siv und für Mek. Vielleicht leben wir einen Tag länger, dann vielleicht noch einen, bis die Vietnamesen kommen und den Anführer umbringen.

* * *

Das Haus des Anführers steht nicht im Lager. Es ist in der Stadt, durch die wir gekommen sind, als wir in das Lager gebracht wurden. Aber die Stadt ist keine Stadt mehr. Die Häuser sind leer, mit Kletterpflanzen bewachsen, die Dächer eingesunken, und in den Häusern wächst Gras. Auf den Straßen bewegt sich nichts, und mitten darauf stehen Autos und Fahrräder, liegen Koffer, Schlafmatten, sogar eine Nähmaschine, alles stehen- und liegengelassen von Leuten, die eilig die Stadt verlassen haben. Keine Menschen, keine Katzen oder Hunde. Nur Staub.

Eine Geisterstadt, bis auf das Haus des Anführers. Das größte Haus in der Stadt. Gelb, mit einem Eisentor. Und einer großen Veranda, wo ich auf der Khim spiele. Drinnen ist eine Party. Viele junge Mädchen sind da und nur wenige Männer. Der Anführer kümmert sich nicht um die Musik. Nur um die Mädchen und den Alkohol aus Frankreich, der Hennessy heißt. Er raucht viele Zigaretten und verschwindet mit vielen Mädchen in seinem Zimmer. Mit Roten Khmer-Mädchen, aber auch mit Mädchen aus dem Lager, dünn und jung und sehr ängstlich, hinterher weinen sie und verbergen das Gesicht.

Ich spiele so lange, immer wieder die gleichen Lieder, dass ich fast dabei einschlafe. Endlich sagt der Anführer, dass ich aufhören kann. Ich nehme mein Instrument und will gehen, aber er sagt, nein, ich kann heute Nacht hier schlafen. Das Fest dauert mindestens drei Tage, und ich sehe, wie der Mann viele Mädchen mit auf sein Zimmer nimmt, manchmal auch Jungen. Nachts stehe ich auf und wechsele den Ort, an dem ich schlafe, damit er mich nicht findet.

* * *

Als ich schließlich zurück ins Lager komme, habe ich ein wenig Essen in der Tasche, das ich mit Siv und Kha teilen kann. Etwas besonders Gutes, das ich gestohlen habe: Süßkartoffeln. Siv, Kha und ich essen sie roh und schlucken schnell, damit niemand uns erwischt. Am nächsten Tag sieht man in unserer Kacke orangefarbene Stückchen. Wir werfen Erde darauf, um sie zu verstecken. Die Roten Khmer schnüffeln überall, ob jemand Essen stiehlt. Sogar in der Kacke.

* * *

Der Anführer behandelt mich jetzt ein bisschen so, als wäre ich etwas Besonderes. Nicht wie die anderen Kinder, die er mit auf sein Zimmer nimmt. Sondern wie einen Gehilfen. Einen Assistenten. Ich weiß nicht, warum. Ich denke immer, dass ich irgendwann auch auf sein Zimmer gehen muss, doch stattdessen behandelt er mich wie einen Schoßhund. Ich spiele für ihn, und er gibt mir gutes Essen, ein bisschen Fisch und manchmal Gemüse. Außerdem hat er ein weißes Pferd. Eines Tages sagt er, dass ich darauf reiten darf. Ich denke: Vielleicht ist das ein Trick, vielleicht will er sehen, ob ich damit fliehe. Aber er sagt, ich soll auf dem Pferd in ein anderes Lager reiten und dem Anführer dort eine Nachricht bringen.

Das Pferd läuft schnell wie der Wind. Ich halte mich an der Mähne fest, Sattel gibt es keinen, ich fühle den Rücken des Pferdes unter mir und die Hufe im Galopp. Vor uns taucht ein breiter Bach auf, und ich denke:

O Gott, da schaffen wir es nicht rüber, aber das Pferd fliegt einfach darüber hinweg und stürmt weiter.

Jetzt passiert etwas Merkwürdiges. Etwas Schönes. Aber sehr Merkwürdiges. Auf meinem Gesicht breitet sich ein Lächeln aus. Kein falsches Lächeln, wie wenn wir die Lieder über die Angka singen. Sondern ein echtes Lächeln. Sogar ein Lachen. Und Nässe auf meinen Wangen, wie Regen, aber es sind Tränen. Drei Jahre lang war Lachen verboten, Weinen verboten. Jetzt auf diesem Pferd lache ich so sehr, dass ich weine.

* * *

Das Lager, in das ich den Brief bringe, ist viel größer als unseres, riesig, und dort sind nur Männer. Wie eine Stadt aus Hunderten von Reisfeldern. Überall drum herum Wassergräben. Lange, gerade Linien, wie Flüsse. Und die Felder sind riesig, viele Männer graben im Matsch.

Der Anführer des Lagers trägt an jedem Arm eine Armbanduhr, eine Feldflasche vor der Brust und an jeder Hüfte eine Granate am Gürtel. Er hält den Brief, den ich ihm gebe, eine Weile in der Hand, dann schreit er einen alten Mann an, der den Boden kehrt. »Alter Mann«, sagt er. »Komm her.«

Der alte Mann kommt langsam wie ein Großvater zu uns und blinzelt den Brief an. Wort für Wort liest er ihn dem Mann vor. Als er fertig ist, schlägt der Anführer ihn aufs Ohr und nennt ihn einen dummen Alten. Dann sagt er zu mir: »Der Mann war Professor an der Universität, jetzt ist er mein Sklave. Er ist so langsam, dass ich manchmal denke, ich muss ihn töten. Aber wer wird mir dann meine Briefe vorlesen?« Er lächelt breit, sein Zahnfleisch ist schwarz wie das eines Hundes. »Ein paar von denen, die lesen können, brauchen wir noch, stimmt's, Kamerad?«

Ich weiß nicht, warum er mich das fragt. Warum er so freundlich zu mir ist. Dann verstehe ich. Ich komme auf einem Pferd, mit einem Brief unseres Anführers. Er denkt, ich bin ein junger Kamerad, ein junger Roter Khmer.

* * *

Auf dem Rückweg lasse ich das Pferd langsam gehen, damit ich nicht so schnell wieder im Lager bin. Niemand beobachtet mich. Niemand in der Nähe. Das erste Mal seit drei Jahren bin ich allein.

Ich denke über den Anführer mit dem schwarzen Zahnfleisch nach, der dachte, ich bin ein Roter Khmer. Ich denke darüber nach, dass alle Menschen in diesem Land jetzt schwarze Kleider tragen, alle gleich angezogen sind. Man kann nicht wissen, wer ein Roter Khmer und wer ein einfacher Arbeiter ist. Mir kommt der Gedanke, einfach auf diesem Pferd zu bleiben. Wenn jemand mich aufhält, sage ich, ich bin ein Roter Khmer und überbringe einen wichtigen Brief. Dann könnte ich vielleicht immer weiter reiten und müsste nie wieder zurück ins Lager. Kein Gestank nach Blut und Leichen mehr, keine weinenden Kinder in der Nacht, kein Leben, in dem man jede Minute grundlos getötet werden kann. Vielleicht kann ich im Dschungel leben, fischen und reiten, reiten, reiten, bis ich irgendwo hinkomme, wo es keine Roten Khmer gibt.

Dann denke ich an Mek. Und an Siv und Kha und Sombo. Sie alle werden sich sorgen. Sie werden denken, ich bin verschwunden wie all die anderen Kinder im Mangohain. Ich frage mich, was mit der Band passiert, wenn ich fort bin. Noch eine Frage: Wohin kann ein Kind wie ich gehen? Ich habe kein Zuhause mehr. Meine Familie ist in viele verschiedene Lager verteilt oder tot. Es gibt keinen Weg, sie zu finden. Außerdem war ich noch nie an einem anderen Ort als in meiner Stadt und dem Lager.

Ich wünsche mir, wie dieses Pferd zu sein. Einfach ein Tier. Nur essen, schlafen, laufen. Wir gehen ganz langsam, aber dann kommt der Fluss, den wir schon einmal überquert haben, und das Pferd fliegt hinüber. Das Pferd will jetzt weiter. Ich lege die Arme um seinen Hals und flüstere in sein Ohr: »Was sollen wir machen?« Es schnaubt, und dann setzt es langsam die Hufe in den Fluss. Es weiß nur eins: Wie es zurück ins Lager kommt. Ich bin wohl auch wie dieses Pferd.

Schon seit einigen Tagen wohne ich bei dem Anführer. Ich mache ein bisschen Musik, aber meistens kümmere ich mich um das Pferd. Wenn der Anführer eine Nachricht schicken muss oder etwas braucht, Whiskey oder eine Zigarre, reite ich mit dem Pferd los. Manchmal reite ich zum Lager, um Siv und Kha und Mek und Sombo zu sehen. Ich zeige ihnen, wie schnell das Pferd laufen kann. Und manchmal bringe ich ihnen etwas Gutes zu essen mit.

Ich und das Pferd sind jetzt gute Freunde. Wir fliegen über die Felder und reiten ganz schnell. Niemand sieht uns. Dann halten wir an, und ich kümmere mich um das Pferd, gebe ihm Wasser und streichle es so lange zwischen den Ohren, bis es im Stehen einschläft.

Auch ich kann ein bisschen schlafen. Mitten am Tag. Ich schlafe sehr tief, so habe ich in dem Haus mit den weinenden und stöhnenden Kindern nie geschlafen. Ich schlafe gut, im Stroh mit dem Pferd, es duftet, sein Atem ist süß und warm. Ich schlafe wie ein durstiger Mann, der zum ersten Mal seit langer Zeit Wasser bekommt; ich kann nicht genug kriegen von diesem guten Schlaf.

Vielleicht ist es nicht so schlimm, denke ich, wenn die Vietnamesen uns nicht befreien.

8

Mit dem Schlaf ist es vorbei. Das Radio sagt, die Vietnamesen kommen. Jetzt herrscht Panik. Die Anführer fliehen, springen in die Trucks und fahren davon. Einer nimmt das weiße Pferd und reitet weg.

Die Kinder laufen wie verrückt durcheinander, manche weinen, ein paar fliehen in den Wald. Aber niemand läuft ihnen hinterher. Die Roten Khmer stehen in der Mitte des Platzes und polieren ihre Gewehre, hängen sich Feldflaschen um, Munition, Granaten, alles, womit man töten kann.

Die Kinder, die nicht fliehen, werden in einer Reihe aufgestellt. Jedes Kind bekommt ein Gewehr. Manche Kinder sind noch sehr klein, die Gewehre größer als sie. Die größeren Kinder spielen mit den Gewehren wie mit Spielzeug. Ein kleiner Junge schaut in den Lauf und peng! schießt sich in den Kopf. Er stirbt auf der Stelle. Niemand achtet darauf.

Überall herrscht Chaos, aber ich sehe, wie Siv und Kha sich eine Kette Munition umlegen. Ich laufe zu ihnen und sage, dass sie mit mir kommen sollen, um Sombo zu finden. »Bitte«, flehen wir ihn an. »Lass uns mit dir gehen.« Wir sagen, wir werden gute Kämpfer sein, schnell laufen, in Deckung gehen, schießen, alles. Sombo nimmt mich beiseite. Er sieht mich fest an.

»Warum lauft ihr nicht weg?«, sagt er. »Wenn ihr jetzt geht, wird es niemand bemerkten. Vielleicht könnt ihr nach Hause, eure Familien finden.«

Familie. Meine Familie ist überall verstreut, vielleicht sind schon alle tot. Meine Familie besteht nur noch aus meinen Freunden, Siv und Kha. Und Mek. Vielleicht auch Sombo, diesem Roten Khmer, der immer nett zu mir ist. Das sage ich ihm nicht. Ich sage ihm auch nicht, dass ich vor den Vietnamesen noch mehr Angst habe als vor den Roten Khmer. Ich sage nur: »Ich habe dir gezeigt, wie man auf der Khim spielt. Jetzt zeig du mir, wie man ein Gewehr benutzt.«

* * *

Die Roten Khmer teilen alle Kinder aus der Musikgruppe und der Tanzgruppe, zusammen etwa zwanzig Kinder, in eine besondere Einheit ein. Sombo ist der Anführer. Kleine Fische mit großem Stachel, nennen sie uns. Die Gruppe hat eine besondere Mission. Spionieren. An Orte schleichen, an die die Erwachsenen nicht gehen können. Informationen einholen. In unserer Gruppe zu sein ist eine große Ehre, sagen sie.

Plötzlich bin ich ein Roter Khmer. Ich hasse diese Menschen, und jetzt bin ich selbst einer.

Ein komisches Gefühl, aber auch ein bisschen gut. Als hätten wir jetzt auch ein bisschen Macht. Wir haben Gewehre und sind alle Kambodschaner, die gemeinsam gegen die Vietnamesen kämpfen.

Ich denke daran, wie ich immer mit meinem kleinen Bruder Soldat gespielt habe, wie wir unsere Arme wie Flugzeuge ausgebreitet haben, und ich bin aufgeregt. Jetzt kommt ein echter Krieg. Und ich bin ein echter Soldat.

* * *

Unsere Gruppe, die kleinen Fische, verlässt das Lager zuerst. Aber Mek muss bleiben und in einer anderen Gruppe mit den Erwachsenen kämpfen. Er kommt zu uns, sein Gesicht ist sehr traurig, und er berührt langsam das Gewehr auf meiner Schulter und die Patronen vor meiner Brust. Dann segnet er mich, streut ein bisschen Erde auf meinen Kopf, um mich zu schützen, und singt, ganz tief und ganz leise. Ein altes buddhistisches Lied aus der Zeit vor den Roten Khmer. Er singt lange, und Tränen laufen ihm übers Gesicht, dann küsst er mich auf die Stirn.

»Sie haben mir alle meine Kinder genommen«,

sagt er. »Jetzt auch noch dich, mein Sohn. Ich denke, wir werden uns nach diesem Krieg nicht wiedersehen.«

Ich sage: »Nein, wenn der Krieg vorbei ist, werden wir wieder zusammen sein, wie Vater und Sohn, Zucker essen und die alten Lieder singen.« Aber Mek schüttelt den Kopf.

Der Boden zittert, genau wie vor so langer Zeit, als mein Bruder und ich vor dem Kino Krieg gespielt haben. Ich kenne dieses Geräusch. Es heißt, dass der Krieg kommt, dass er schon ganz nah ist. Ich sehe Mek an, aber in seinen Augen ist kein Licht mehr. Er ist wie damals, als wir uns kennenlernten, tot im Inneren. Er hat sich in seinem Herzen schon von mir verabschiedet. Für ihn bin ich, wie seine Kinder, bereits tot.

* * *

Als ich das erste Mal ein Gewehr abfeuere, bringt es mich fast um. Das Gewehr ist so groß wie ich, ich lege es auf die Schulter und ziele auf eine Palme. Nur als Test. Um zu sehen, wie es sich anfühlt. Der Abzug klemmt wie ein altes Scharnier, erst bewegt sich gar nichts, und dann, peng!, spüre ich einen harten Schlag gegen die Schulter, sehr fest, wie von der Faust eines Riesen, ich werde geräuschlos durch die Luft geschleudert. Ich fliege ganz langsam und schaue nach oben, der Himmel ist blau und schön, darauf eine Wolke wie ein Kissen.

Ich liege auf dem Rücken, ganz friedlich. Und ich denke: So muss das Sterben sein. Ein schönes Gefühl. Kein Schmerz. Kein Geräusch. Nicht mal das Gefühl, dass ich einen Körper habe.

Dann sehe ich Siv, der sich mit besorgtem Gesicht über mich beugt. Vielleicht ist Siv auch im Himmel, denke ich. Er sagt etwas, bewegt die Lippen, aber es klingt wie Sombos Radio, wenn er den Sender nicht finden kann. Ein Rauschen. Wie von einem großen Fluss.

Dann sehe ich Kha und die anderen Jungen. Sie lachen. Ich sehe sie lachen, aber ich höre nichts. Sombo kommt und beugt sich über mich. Ich frage ihn, ob ich tot bin. Meine Stimme dröhnt laut in meinem Kopf.

Sombo lächelt und schüttelt den Kopf. »Es ist alles okay mit dir«, sagt er. Er schreit sehr laut, das sehe ich an seinem Gesicht, aber seine Stimme kommt sehr leise und weit entfernt bei mir an. »Dein Ohr kommt auch wieder in Ordnung«, sagt er.

Den Rest des Tages schießen die Jungen mit den Gewehren. Niemand zeigt uns, wie es geht. Wir bringen es uns selbst bei. Manche fallen um wie ich, andere, die großen, nicht. Hinterher können wir alle nichts mehr hören. Wir schreien, zeigen mit dem Finger und ziehen Grimassen, damit wir einander verstehen. Wir lachen, weil niemand mehr hören kann. Wir lachen noch mehr, wenn jemand umfällt. Wir schießen und schießen, töten das Gras und die Bäume. Ein echtes Gewehr macht so viel Spaß. Es ist ein bisschen wie das So-tun-als-ob mit meinem Bruder. Nur besser.

* * *

Wir marschieren sehr weit, um zum Krieg zu kommen. Wir tragen Gewehre, Munition, Granaten, Kochtöpfe, alles Mögliche. Nur Jungen und ein Mädchen, ein kleines Mädchen mit einem fehlenden Schneidezahn, das den Reis trägt. Einen großen Sack Reis auf dem Kopf. Es ist ein langer Weg, drei Tage, sehr heiß, das Gewehr ist schwer und so lang, es tut weh beim Tragen auf der Schulter. Selbst für einen starken Jungen wie Siv ist es schwer. Ich bin viel kleiner, manchmal schleife ich es hinter mir her.

Sombo schreit mich böse an. »Dieses Gewehr ist dein Leben. Wenn du es verlierst, schenkst du es dem Feind.«

Er schreit auch Kha an, weil er zu langsam geht. »Wenn du nicht Schritt hältst, lassen wir dich zurück«, sagt er, obwohl Kha schlimmen Durchfall hat und die ganze Zeit in die Büsche rennen muss.

Sombo ist ein anderer Mensch. Nicht mehr der

Junge, der die Khim so zart spielt wie ein Mädchen. Dieser Sombo ist wirklich ein harter Kerl.

* * *

Unsere Gruppe, die kleinen Fische, trifft mit einer großen Gruppe echter Soldaten zusammen. Wir halten stolz unsere Gewehre, machen uns groß, ein strenges Gesicht, auch wir können hart sein. Aber die Soldaten sind so damit beschäftigt, einen Graben zum Kämpfen auszuheben, dass sie gar nicht auf uns achten.

Am Abend sagt ihr Anführer, ein kleiner Mann mit einem runden Bauch wie ein Buddha, dass unsere Einheit eine wichtige Aufgabe hat. Wie Verstecken spielen. Er sagt, wir müssen nur in die Felder kriechen und schnüffeln. Das hohe Gras ist perfekt, um sich darin zu verstecken. »Die Vietnamesen haben einen besonderen Geruch«, sagt er. »Sie riechen schlecht, weil sie schlechtes Essen essen. Ihr riecht sie und könnt uns sagen, wo sie sich verstecken.«

Ein Kind fragt, was wir tun sollen, wenn sie uns entdecken.

»Ihr schießt in die Luft«, sagt der Anführer. »Dann wissen wir, wo ihr seid, und kommen euch zu Hilfe.«

Jetzt haben wir wirklich Angst, aber wir sind auch sehr aufgeregt. Wir haben eine wichtige Aufgabe und echte Soldaten, die uns den Rücken decken. Außerdem gibt uns der Anführer ein besonderes Mittel, ein

Kraut, das uns schützt. »Das macht euch besonders mutig«, sagt er. »Es lässt die Kugeln von euch abprallen.«

Er sagt, das Kraut ist nur ein zusätzlicher Schutz. »Kleine Fische wie ihr sind kleiner als die anderen Soldaten. Man kann sie kaum sehen, und man kann sie kaum treffen«, sagt er. »Keine Kugel findet einen kleinen Fisch.«

* * *

Der silbrige Mond ist unser einziges Licht, als wir wie Schlangen durchs Gras kriechen. Wir sprechen nicht. Wir hören nur das klopfende Herz in unserer Brust. Wir kriechen weit über das offene Feld, wie eine Kobra, sehr zielstrebig, sehr ernst. Kein Erwachsener da, der uns sagt, wohin wir gehen sollen. Wir haben nur unsere Nasen als Führer.

Dann riechen wir es. Es riecht säuerlich, nach kochendem Kohl. So riechen die Vietnamesen. Sie sprechen auch eine seltsame Sprache. Sie klingt schnell und böse. Wir halten an. Wir sind den Soldaten jetzt so nahe, dass wir nicht wissen, was wir tun sollen. Einer der Tänzer flüstert mir zu, er sagt: »Lass uns zurückgehen.« Ein anderer Junge, noch kleiner als ich, sagt, vielleicht kann er sich hinstellen und erkennen, wie die Vietnamesen aussehen und ob sie wirklich Babys kochen. Ich versuche, ihn festzuhalten, aber es ist zu spät. Er steht wenige Sekunden aufrecht, dann fliegen die Kugeln.

Alle sind in Panik. Der Junge ist reglos wie eine Statue. Ein Kind springt aus dem Versteck und läuft zurück in die Richtung, aus der wir gekommen sind. Ein anderes Kind wirft sich auf den Boden und weint.

Der Junge, der sich aufgestellt hat, sinkt in den Dreck, man hört nur das dumpfe Geräusch einer Kugel, die in sein Fleisch dringt. Den Jungen, der weglaufen wollte, sehen wir ihm Gras liegen, er weint und sagt nur »Mama«, immer wieder. Wir anderen erinnern uns nicht mal daran, dass wir ein Gewehr haben. Wir machen uns einfach klein wie Würmer, als wären wir unsichtbar, und hoffen, dass uns unsere Soldaten zu Hilfe kommen.

* * *

Jetzt kommen die Kugeln auch aus der anderen Richtung. Unsere Soldaten kommen und schießen auf die Vietnamesen, um uns zu retten. Aber ein paar Kinder haben so eine Angst, dass sie versuchen zu fliehen, sie fliehen vor den Kugeln aus der Gegenrichtung und laufen den Vietnamesen direkt in die Arme. Die Schüsse der Roten Khmer treffen sie in den Rücken, die Schüsse der Vietnamesen in die Brust.

* * *

Als alles vorbei ist, haben nur sechs kleine Fische überlebt. Ich, Siv und Kha und noch drei andere. Wir kriechen zurück ins Lager, unsere Knochen zittern, und wir warten auf das Lob der Roten Khmer. Aber sie achten gar nicht auf uns, sie unterhalten sich nur untereinander oder schlafen. Später geht der Anführer an uns vorbei, als alle außer mir schon schlafen. »Wir brauchen mehr von diesen kleinen Fischen«, sagt er zu einem anderen. »Sie sind gut, um die dicken Fische zu ködern.«

Ich denke daran, wie ich vor langer Zeit mit Hong Frösche gefangen habe. Man bindet einen kleinen Frosch an einen Stock und wartet, bis der große kommt, um ihn zu fangen. Jetzt verstehe ich. Wir sind keine echten Soldaten. Wir sind nicht einmal eine besondere Einheit. Wir sind nur Köder.

* * *

Am Tag nach dem Kampf sagt Sombo, ich soll ihm folgen. Das ist nichts Besonderes. Kha und Siv wissen, dass ich so etwas wie sein Liebling bin, und er mich manchmal beiseitenimmt. Am Rand des Lagers stoßen wir zu einer Gruppe Kinder. Das kleine Mädchen, das den Reis getragen hat, und weitere Kinder, die ich noch nie gesehen habe. Sombo sagt, wir werden das Lager verlassen und uns einer anderen Einheit anschließen. Ich frage ihn, was mit Siv und

Kha ist, aber er antwortet nicht. Er sagt nur, ich soll weiterlaufen, und schaut mich mit seinen Haifischaugen an.

Siv und Kha sind wie Brüder für mich, und jetzt kann ich mich nicht mal von ihnen verabschieden.

* * *

Wir laufen viele Tage durch Reisfelder und Wälder, es ist die heißeste Zeit des Jahres, kein Regen, und die Sonne brennt wie Feuer. Unsere Beine sind wie Holz, unser Mund wie Staub. Wir tragen alle schwere Gewehre, aber das Mädchen, das den Reis trägt, hat auch eine schwere Last. Dabei ist sie noch so klein. Manchmal zittern ihr die Knie, und manchmal trage ich den Sack für sie. Das Mädchen geht jetzt immer hinter mir. »Du hast Zauberkräfte«, sagt sie einmal zu mir. »So viel Schießen, und du wirst nie verletzt. Ich bleibe in deiner Nähe, vielleicht passiert mir dann auch nichts.«

Nach zwei Tagen erreichen wir ein anderes Lager. Die kleinen Fische bekommen eine neue Aufgabe. Wir verstecken uns in einem tiefen Graben neben der Straße und warten auf die Vietnamesen. Wenn wir sie kommen hören, springen wir heraus und schießen. Wie beim letzten Mal bleiben die Soldaten hinter uns. Die kleinen Fische gehen an die Front.

Wir heben den Graben selbst aus, dann verstecken

wir uns darin. Wir sollen abwechselnd schlafen. Aber wir drei Jungen in meinem Graben haben zu viel Angst, um zu schlafen. Ein Junge singt ganz leise wie ein Schlaflied ein Lied vor sich hin, mit dem man das ABC lernt, immer und immer wieder. Der andere Junge pickt sich kleine Käfer aus den Haaren und isst sie auf. Ich liege im Graben und denke: Vielleicht ist das mein Grab.

* * *

Die ganze Nacht bleibt es ruhig. Manchmal singt eine Grille. Dann hören wir es. Ein Vogel schreit laut. Wir fühlen es, die Erde zittert. Panzer kommen. Der Vogel warnt zuerst. Die Vögel wissen, dass sie sich vom Krieg besser fernhalten.

Die Vietnamesen haben Panzer, Kanonen, viele Soldaten und Gewehre, die hundert Patronen am Stück schießen können. Wir sind nur Kinder mit einfachen Gewehren. Wir können immer nur eine Kugel abschießen.

Noch nie hatte ich so eine Angst. Im Lager hatte man die ganze Zeit Angst, weil man jeden Augenblick sterben konnte. Am Hunger, am Durchfall, durch die Axt. Aber ich habe gelernt, dort zu überleben. Ich habe gelernt, Musik zu machen, zu tun, was die Roten Khmer sagen und sie nicht zu verärgern. Und irgendwie, mit Glück, mit Schlauheit und ein paar guten Tricks, bin ich am Leben geblieben. Jetzt wird mir keine Schlauheit, kein Trick helfen. Und ich frage mich: Warum bin ich am Leben geblieben? Nur damit ich heute sterben kann?

* * *

Wir springen aus dem Graben, und die Kugeln prasseln um uns wie Regen. Aber wir haben viel zu viel Angst, um zu schießen, wir ducken uns schnell ins Gras. Dann spüre ich etwas Nasses, Warmes auf meiner Wange. Ich fasse es an, und an meiner Hand ist Blut. Ich schaue zu dem Jungen, der gesungen hat, und sehe, dass die Hälfte von seinem Gesicht fehlt. Auf meinem Hals, in meinen Haaren, überall Blut und kleine Stücke Gehirn und Knochen.

Der andere Junge übergibt sich. Aber ich fühle mich plötzlich, als wäre mein Blut elektrisiert, und ich schieße und schieße und schieße wie ein Verrückter. Schieße nur, ohne zu denken. Ich habe keine Angst. Ich kann nicht mal sehen, wohin ich schieße. Nur einmal sehe ich einen Vietnamesen, einen Jungen, er rennt hinter einen Baum, und ich richte das Gewehr auf ihn und schieße. Er stoppt mit überraschtem Gesicht, lächelt beinahe. Dann ist er weg. Nur noch Gras, wo er stand. Gerade noch da, jetzt weg. Tot. Ich denke: Der Junge ist tot. Und ich habe ihn getötet. Ich fühle mich verrückt, nicht wie ich selbst, wie eine Schießmaschine. Als könnte ich immer so weiterschießen.

Bis Sombo mir sagt, ich soll jetzt aufhören, es ist alles vorbei. Er bringt mich zurück ins Lager, wo ich sofort einschlafe, ganz tief, als wäre ich selbst tot.

* * *

Noch mehr marschieren, noch mehr verstecken, bis wir in ein anderes Lager kommen. Wir stoßen zu einer Gruppe mit anderen Kindern, einige sind Rote Khmer, einige wie wir einfach nur Kinder, die vor einer Woche ein Gewehr bekommen haben, um gegen die Vietnamesen zu kämpfen.

Wir sind eine Einheit. Aber ein Roter Khmer namens Phat, vielleicht ein, zwei Jahre älter als ich, sagt, die neuen Kinder sind keine echten Roten Khmer. Nicht von Anfang an loyal, so wie er. Wir sind nur Soldaten, weil sie uns dazu zwingen.

Phat sagt, unsere Aufgabe ist es zu beweisen, dass die kleinen Fische wirklich die Angka lieben. Als ein Panzer kommt, sagt er, wir sollen daraufklettern und eine Granate hineinwerfen. Eine sehr gefährliche Aufgabe.

Das kleine Mädchen, das den Reis trägt und nachts jetzt immer dicht neben mir schläft, um sich zu wärmen, sagt: »Tu das nicht, das ist Selbstmord.« Aber ich sage ihr, dass es auch Selbstmord ist, nein zu sagen. Ich glaube, dieser Junge könnte uns töten, wenn wir nicht tun, was er sagt.

Als der nächste Panzer kommt, laufen ich und ein anderer Junge hin und klettern wie Affen daran hoch. Plötzlich rutscht der Junge ab, und ich sehe ihn nicht mehr. Ich warte. Der Panzer fährt weiter, wie ein großes wütendes Tier. Ich drehe den Hebel an der Luke, öffne sie und werfe die Granate hinein. Dann springe ich runter und renne schnell zum Wald.

Es kracht laut, dann fährt der Panzer kreuz und quer und rammt einen Baum.

Wieder fühle ich diese Elektrizität in mir. Als hätte ich übermenschliche Kräfte. Als würde ich niemals sterben, auch wenn ich die gefährlichsten Sachen mache. Dann drehe ich mich um und sehe den anderen Jungen auf der Straße sitzen. Mit seinem Bein stimmt etwas nicht, es ist zu kurz, der Knochen steht heraus, zerschmettert, weiß, und Blut sprudelt. Er zeigt auf etwas, das vor ihm auf der Straße liegt, über die gerade der Panzer gerollt ist. Sein Fuß.

* * *

Nach diesem Kampf bekommen wir neue Gewehre. Wie die Gewehre der Vietnamesen können sie viele Patronen schießen, ohne zu stoppen, es geht automatisch, man muss nur den Hebel drücken. Sie sind auch leichter und kleiner. Gut für uns Kinder.

Aber niemand zeigt uns, wie man sie benutzt. Sie geben sie uns einfach und gehen. Einer der Jungen, ein Kind aus der Tanzgruppe, spielt damit herum. Auf einmal geht das Gewehr los, und der Junge ist mit Blut bedeckt, seine Organe quellen heraus, die Leber, die Därme. Er versucht, sie festzuhalten, aber sie sind zu glitschig und rutschen ihm aus der Hand.

Ich gehe zu ihm und halte den Jungen, wiege ihn wie ein Baby und summe ihm ein Schlaflied vor, bis sein Körper kalt wird, sein Gesicht wie Wachs, und kein Leben mehr in ihm ist.

Ich stehe auf und sehe an mir herab, ich bin voller Blut, es ist dunkel, fast wie Tinte. Ich denke: Ich muss es abwaschen. Aber dann denke ich: Vielleicht kann mich das Blut von diesem Jungen schützen. Ich schmiere mich mit seinem Blut ein, reibe es mir auf Gesicht, Hals und Arme. Ich nehme auch sein Gewehr und hänge es mir um die Brust. Jetzt habe ich zwei Gewehre.

Ich gehe zu Phat, dem Roten Khmer, der gesagt hat, ich bin kein echter Soldat. Damit er sieht, was ich bin.

9

Sombo ist jetzt sehr streng. Wir sitzen nicht mehr zusammen und reden oder hören Radio. Er macht immer sein finsteres Gesicht, ist immer gereizt. Ich denke: Der einzige Freund, den ich noch habe, mag mich nicht mehr.

Mehrere Kinder geben auf. Sie bleiben einfach hinter der Gruppe zurück, und niemand sieht sie wieder. Andere Kinder erschießen sich selbst, mit Absicht, glaube ich. Ein Kind dreht durch und läuft geradewegs in den Kugelhagel der Vietnamesen. Manchmal denke ich, dass ich auch aufgeben werde. Oder weglaufen. Aus meiner Familie sind sicher alle tot. Meine Freunde Siv, Kha und Mek werde ich nie wieder sehen. Wenn Sombo, mein einziger Freund auf der Welt, sich nicht mehr um mich kümmert, warum soll ich dann weitermachen?

Ich sehe ihn durch das Feuer an, über dem die Suppe kocht, sein Gesicht ist hart. Er ist ein anderer Mensch als der, der mich Reis stehlen ließ und dem ich beigebracht habe, auf der Khim zu spielen, und ich denke: Es wird ihm egal sein, vielleicht wird er es nicht einmal merken, wenn ich verschwinde.

Die Suppe ist fast fertig. Das erste Mal seit drei Tagen bekommen wir Kinder etwas Warmes zu essen, und wir drängen uns alle dicht um den Topf. Das Reismädchen an meiner einen Seite, und Phat, der Rote Khmer, der mich hasst, an meiner anderen. Dann hören wir aus dem Nichts das Pfeifen, das eine Bombe ankündigt – eine vietnamesische Mörserkanone –, in unsere Richtung kommen. Sombo streckt über das Feuer den Arm nach mir aus und wirft mich zu Boden. Ein Bombensplitter landet direkt im Kochtopf, und Metall, Suppe und Dreck spritzen.

Ich schaue auf und sehe, dass Phats Körper zerfetzt wurde, ein Teil hängt in einem Baum, ein Teil liegt am Boden. Und ich frage mich: Warum hat Sombo mich gerettet und ihn sterben lassen?

* * *

In der Nacht kommt es zu einer großen Schlacht, viele Kinder sterben. Kinder, die genau vor mir laufen, werden getötet. Man denkt, man kann sich niemals daran gewöhnen, dass ein Kind stirbt, aber man tut es. Ich denke, ich will auch sterben. Aber ich sterbe nicht.

Ich lebe nicht. Und ich bin nicht tot. Ich bin ein lebender Toter.

* * *

Die Stimme in Sombos Radio sagt, dass wir nach Norden müssen. Nachdem wir viele Tage in eine Richtung gegangen sind, gehen wir nun in die Gegenrichtung. Dieselben Felder, die wir schon gesehen haben. Dieselben Orte, an denen wir gegen die Vietnamesen gekämpft haben und so viele Kinder gestorben sind. Das Radio sagt, die Vietnamesen sind jetzt nicht mehr in dieser Region, aber ich rieche immer noch ihren schlechten Geruch.

Wir bewegen uns sehr leise fort. Falls sie noch in der Nähe sind. Geräuschlos. Man hört nicht mal ein Keuchen. Auf einmal tritt das kleine Reismädchen auf etwas am Boden, und es gibt ein klickendes Geräusch. Sombo schreit sofort: »Halt still!«

Aber das Mädchen kriegt so einen Schreck von Sombos Geschrei, dass es zurückweicht und sich zu mir dreht. Es macht puff!, und wo sie stand, ist eine Rauchwolke.

Ihr Bein ist abgerissen. Sie weint und schreit laut nach ihrer Mutter, bis sie vor Schmerz ohnmächtig wird.

Sombo sagt, die Vietnamesen vergraben kleine Bomben im Boden, man nennt sie Landminen. Wer darauf tritt, verliert sein Bein; wer sie anfasst, verliert seine Hand. Eine feige Waffe, sagt er, sie wollen, dass wir bei jedem Schritt Angst haben.

Die Landminen machen nun sogar die Erde zu unserem Feind.

* * *

Ein paar Kinder aus der Gruppe fangen an zu murren. Sie sagen, Sombo ist kein guter Gruppenführer. Zu viele Kinder werden getötet. Ein Junge sieht mich an und sagt: »Es ist deine Schuld, dass Phat getötet wurde.« Ein anderer zeigt auf mich. »Du«, sagt er, »du bist Sombos Liebling.«

Da kommt Sombo und schreit mich an und sagt, ich muss von nun an den Reissack und mein Gewehr tragen.

Die anderen Kinder grinsen hämisch, aber ich weiß, warum Sombo so barsch zu mir ist. Wie früher im Lager schützt er mich.

* * *

Wir tragen abwechselnd das kleine Reismädchen. Ihr Bein ist in ein Tuch gewickelt. Jetzt sind wir noch langsamer. Es ist zu schwer, zu laufen und sie zu tragen. Und wir haben Angst, überhaupt den Fuß auf den Boden zu setzen.

Ein schlechter Geruch kommt von ihrem Bein, es

ist geschwollen und färbt sich schwarz. Sie schwitzt und hat Panik. Selbst im Schlaf wirft sie sich herum und weint vor Angst. Plötzlich packt sie mich, nennt mich Mama und sagt: »Bitte mach, dass der Schmerz aufhört.« Dann stirbt sie. Endlich ist der Schmerz für sie vorbei.

* * *

Wir gehen zum nächsten Lager, weil wir ein neues Reismädchen brauchen, aber wir kriegen nur einen kleinen dünnen Jungen, noch kleiner als das Mädchen und viel zu klein, um ein Gewehr zu tragen. Wie dieser Junge den Reissack tragen soll, frage ich Sombo. »Das Kind hat eine besondere Fähigkeit«, sagt Sombo. Es hat gelernt, Ratten, Insekten, Frösche und Schlangen zu fangen, alles, was man essen kann. Außerdem ist kaum noch Reis übrig.

* * *

Wir laufen viele Tage weiter, und ich glaube, wir gehen mal in die eine Richtung, mal in die andere. Als hätten wir uns verirrt. Viele Reisfelder sind mit Unkraut überwuchert. In manchen Feldern sind große Löcher, wo die Kanonenkugeln der Vietnamesen eingeschlagen sind. In den Dörfern gibt es nur Häuser, keine Menschen, und alles ist mit Gras und Ranken bewachsen.

Aber eine Stelle, an der wir haltmachen, kommt mir bekannt vor. Ein kleiner Teich, voll mit Fröschen, in der Nähe der Bahnlinie. Ich kenne diesen Ort. Hierher bin ich mit Hong zum Fröschefangen gekommen. Vor langer Zeit. Bevor ich überhaupt von den Roten Khmer gehört hatte. Als ich ein Kind war.

* * *

Manchmal treffen wir im Wald auf andere Gruppen wie unsere, manchmal nur Kinder, manchmal echte Soldaten. Und immer ist ein Mädchen dabei, das den Reis trägt. Einmal kommt unsere Gruppe an einer anderen Gruppe vorbei, die im Wald Rast macht. Es sind echte Rote Khmer, ranghohe Soldaten. Sie haben ein kleines, dünnes Reismädchen dabei. Ihr Haar ist fast weiß, wie das einer alten Frau. Als wir an ihnen vorbeigehen, flüstert das Mädchen meinen Namen. Ich frage mich, woher sie mich kennt.

Wieder sagt sie meinen Namen und ich sehe, dass es meine Schwester ist. Meine kleine Schwester Sophea, zehn Jahre alt, jetzt wie eine winzige alte Frau, mit krummem Rücken vom Schleppen des Reissacks. Wir dürfen nicht zeigen, dass wir Geschwister sind. Ich gehe vorbei und nicke ihr nur kurz zu. Dann sage ich Sombo, dass ich zu müde bin, um weiterzugehen – es ist mir egal, ob die anderen Kinder spotten. Sombo sagt: »In Ordnung.«

Als die Nacht kommt, gehe ich zu meiner Schwester. Sie berührt mein Gesicht und flüstert, wie lieb sie mich hat. Ihre Lippen sind aufgesprungen, weil sie nichts zu essen, nichts zu trinken bekommen, aber als ihr Mund mein Ohr berührt, fühlt es sich an wie ein Schmetterling, ein Engel, wie der Himmel. Sie kneift mich auch und sagt, ich sei zu dünn. Ich weiß gar nicht mehr, wie ich aussehe, aber ich sehe dieses dünne Mädchen an, mit krummem Rücken, geschwollenen Knien, einem Bauch voller Luft, und ich denke: Sie ist das Schönste, was ich je in meinem Leben gesehen habe.

Als der Morgen kommt und ich gehen muss, berührt sie mein Gesicht. »Sei nicht zu mutig, Arn«, sagt sie. »Versteck dich vor den Kugeln, damit ich dich wiedersehen kann. Ja?«

Vor langer Zeit habe ich die Hoffnung in mir getötet. Ich lebe nur noch wie ein Tier, ich überlebe einen Tag, dann den nächsten. Jetzt ist meine kleine Schwester da. Familie. Jemand, der mich liebt. Ich sage: »Jetzt, wo ich weiß, dass du lebst, werde ich auch leben.«

IO

Sombo schleicht sich jetzt immer weg, um Radio zu hören. Aber ich schleiche hinterher und höre zwei Dinge:

Die Stimme der Angka sagt, dass der glorreiche Sieg bevorsteht. Dass die Vietnamesen sich geschlagen geben und fliehen. Die Angka sagt, die Kämpfer der Roten Khmer schneiden den Vietnamesen die Ohren, die Zunge und die Leber heraus, um sie zu essen und jeden Tag stärker zu werden.

Die Stimme Amerikas sagt, dass die Vietnamesen die Macht über die östlichen Provinzen übernommen haben und jeden Tag an Land gewinnen. Auch, dass viele Leute aus Kambodscha nach Thailand fliehen. Ich weiß nicht, was stimmt. Aber ich behalte diesen Ort im Kopf: Thailand.

* * *

Heute Abend liegen wir im Graben und sehen, wie der Rauch der Bomben näher und näher kommt. Zwischen uns und den Vietnamesen ist ein großes offenes Feld, aber ihre Kanonen können überallhin schießen, hierhin und dorthin, auf der Suche nach uns. Immer wenn eine Bombe fällt, dreht Sombo seinen Kopf und zählt, nur seine Lippen bewegen sich, als hätte er eine mathematische Formel, die ihm verrät, wo die nächste Bombe landet.

Plötzlich zieht er mich aus dem Graben und sagt, ich soll laufen. Ich tue, was er sagt, doch ein heftiger Windstoß wirft mich zu Boden. Eine Sekunde lang ist die Luft um mich heiß und dick, sie saugt mein Inneres aus mir heraus, meine Lungen, meine Ohren, meine Augen, es fühlt sich an, als kämen sie aus meinem Kopf. Dann explodiert die ganze Welt, alles fliegt durch die Luft, Bäume, Steine, alles. Und ich fliege auch und denke: Oh, meine Schwester, es tut mir leid, dass ich dich nicht wiedersehen kann, denn jetzt sterbe ich.

* * *

Als ich aufwache, liege ich an einem anderen Ort. Mir tut alles weh. Ich berühre meine Beine, meine Arme, meinen Kopf, alles ist noch da. In meinem Kopf ist es dick, wie Matsch, aber ich kann eine Stimme hören, die sagt, ich soll Wasser trinken. Es ist Sombo, der mir seine Feldflasche an den Mund hält.

Ich trinke ein bisschen und frage: »Warum hast du mich wieder gerettet?«

Er verzieht die Mundwinkel. »Du musst leben, damit du deine Schwester wiedersehen kannst.«

Jetzt verziehe ich die Mundwinkel. »Woher weißt du von meiner Schwester?«

»Ich beobachte dich die ganze Zeit«, sagt er.

Ich sage es Sombo nicht, aber auch ich beobachte ihn die ganze Zeit.

* * *

Eines Tages, als wir über die Kuppe eines Hügels kommen, sehen wir etwas Merkwürdiges. Ein Dorf wie vor den Zeiten der Roten Khmer. Menschen wohnen in den Häusern, Familien, und arbeiten auf dem Feld. Hühner im Garten. Wie ein Spielzeugdorf ist dieser Ort, so hübsch.

Vielleicht ist der Krieg vorbei. Vielleicht waren wir so lange im Wald, dass wir es nicht mitbekommen haben. Vielleicht können wir in das Dorf gehen und etwas zu essen bekommen, Hühnchen und vielleicht auch Gemüse, vielleicht sogar Fischsuppe. Dann sehen wir mehrere vietnamesische Soldaten durch das Dorf gehen und den Leuten etwas zurufen. »Alle herhören«, rufen sie. »Der Krieg ist vorbei. Kommt auf den Hauptplatz, dort gibt es Reis. Ein Geschenk des neuen vietnamesischen Herrschers.«

Wir sehen, wie die Menschen den Soldaten folgen, mit offenen Händen, Körben oder Töpfen, allem, was sich füllen lässt. Ich sehe eine alte Frau zu Boden fallen, höre den Schuss, der sie tötet. Dann viele Schüsse. Sombo schreit uns an, dass wir auch schießen sollen, dass wir von hier oben auf die Vietnamesen schießen sollen. Wir schießen auf das Spielzeugdorf, bis nur noch Rauch und Feuer und Leichen übrig sind.

Als alles vorbei ist, zwingt Sombo uns, durch das Dorf zu gehen, um sicher zu sein, dass niemand überlebt hat. Ich drehe jeden Toten um und sehe mir das Gesicht an. Ich weiß, dass dieses Dorf weit weg von meiner Heimatstadt ist. Trotzdem denke ich jedes Mal, es kann jemand aus meiner Familie sein.

Eine Frau, die ich finde, ist noch nicht tot. Sie ist wie in zwei Hälften geschnitten, ihre Beine sind nicht mehr an ihrem Körper und überall ist Blut. Plötzlich setzt sie sich auf, kräftig wie eine Kobra, und spuckt mich an. »Ihr Roten Khmer«, sagt sie. »Ich hasse euch.«

Eine Sekunde lang denke ich, dass sie jemand anderen meint.

»Du!«, sagt sie wieder. Sie meint mich, mich, ich bin der Rote Khmer.

Dann fängt sie an zu weinen. »Bitte«, sagt sie.

»Töte mich.« Sie packt meinen Knöchel und fleht mich an. »Lass mich nicht so sterben. Bitte erschieß mich.«

Die Frau hat ein hübsches Gesicht, lange Zöpfe, und sie stirbt langsam in der heißen Sonne. Ich tue, worum sie mich bittet. Ich erschieße sie.

* * *

Nachts gibt es viele Dinge, die mir Angst machen.

Leuchtend weiße Egel, die im Dreck herumkrabbeln, mir auf den Körper springen, auf die Beine, in die Hose, und mein Blut saugen.

Kleine Geräusche, ein schreiender Gecko, ein knackender Ast, jedes Geräusch kann bedeuten, dass die Vietnamesen kommen.

Schlangen, Tiger, giftige Frösche, all diese Tiere können in der Nacht kommen und völlig geräuschlos töten.

Jetzt gibt es noch etwas, das mir Angst macht. Wenn ich endlich eingeschlafen bin, träume ich von der Frau, die mich angespuckt und Roter Khmer genannt hat. Im Traum spüre ich ihre Finger, kalt, nur Knochen, doch stark wie die eines Riesen, die mich zu sich ins Grab ziehen.

* * *

Wir schließen uns einer anderen Gruppe an. Nach einer großen Schlacht rennen die Leute in alle Richtungen auseinander wie Ratten. Die Vietnamesen hatten so viele Panzer und Kanonen, dass alle geflohen sind und sich aus den Augen verloren haben. Unsere Gruppe besteht nur noch aus sieben Kindern, dazu Sombo und der kleine Rattenfänger, und wir laufen weiter, laufen, laufen, immer laufen, und wir wissen nicht, wohin.

Wir laufen so viel, dass wir beim Gehen schlafen. Vor mir geht ein großer Junge, und ich halte mich an seinem Hemd fest, damit ich die Gruppe nicht verliere oder im Schlaf stürze. Er versucht, mich abzuschütteln, aber ich hänge mich an ihn wie an mein Leben. Wir tragen Gewehre, Munition, Granaten, viele Dinge zum Kämpfen, dazu noch Essen und Wasser, einen Kochtopf und noch andere Sachen. Schwere Sachen. So schwer, dass wir sie fallen lassen. Erst nur Kleinigkeiten, dann immer mehr, bis wir nur das Gewehr und die Munition haben, kein Essen und kein Wasser. Wir sind durstig, aber wir haben kein Wasser zu trinken, also trinken wir unseren Urin. Nach einem weiteren Tag unter der Sonne haben wir nicht einmal mehr unseren Urin zum Trinken.

* * *

Der einzige Ort, an dem wir uns jetzt noch verstecken können, ist der Dschungel. Aber im Dschungel sind viele scharfe Dornen, die die Kleidung zerreißen und die Haut zerschneiden, und viele Bäume, Palmen, Bananenbäume, Banyanbäume, Bambusbäume, die so dicht stehen, dass es dort auch tagsüber dunkel ist wie in der Nacht. Und überall sind Schlingpflanzen, manche dick wie die Taille eines Mannes, manche dünn und krumm wie die Finger einer alten Frau, die nach unseren Füßen greifen. Das Gewirr ist so dicht, dass nicht einmal der Wind hindurchkommt.

Wie ich hier jemals meine Schwester wiederfinden soll, weiß ich nicht.

* * *

Wir sind nicht die Einzigen, die sich im Dschungel verstecken. Nachts riechen wir manchmal, dass irgendwo in der Nähe gekocht wird. Wie weit weg genau, kann man nicht sagen. Ob Kambodschaner oder Vietnamesen, auch das kann man nicht sagen.

* * *

Tagsüber ist es im Dschungel heiß wie in einem Ofen, nachts ist es feucht und kalt. Wir haben keine Matten oder Decken, wir graben uns in den Boden und bedecken uns mit Laub und Zweigen. Aber unsere Zähne und Knochen klappern so laut, dass ich denke, die Vietnamesen müssen es hören.

Sombo schläft jetzt immer neben dem kleinen Rattenfänger, um ihn zu wärmen. Ich glaube, er ist auch ein bisschen Sombos Liebling. Aber ich weiß auch, dass Sombo den Jungen am Leben halten muss, der für unser Essen sorgt. Damit wir alle am Leben bleiben.

* * *

Eine Millionen Mücken fallen wie eine Armee über uns her, und einige Kinder bekommen Fieber. Der Schweiß strömt wie Regen an ihnen herab, sie zittern so stark, dass selbst ihr Gehirn in ihrem Schädel klappert. Auch der kleine Rattenfänger hat Fieber, und Sombo bedeckt ihn mit Blättern und Zweigen, sogar mit seinem eigenen Hemd. Dann geht er mit seinem Radio in den Dschungel. Ich folge Sombo und lasse ihn nicht aus den Augen.

Sein Radio wird schwach, aber Sombo leckt an den Enden der Batterien, hält sie aneinander, und das Radio spricht noch eine Minute weiter. Die Stimme der Angka sagt, der Sieg sei nah, die kambodschanische Armee werde als Eroberer in Vietnam einmarschieren. Dann stirbt das Radio, und zum ersten Mal sehe ich ernste Sorge in Sombos Gesicht.

* * *

Wir sind nun schon lange im Dschungel. Manchmal tun wir uns mit anderen Soldaten zusammen, manchmal bleiben wir unter uns. Die anderen Soldaten reden nicht mit uns, aber ich höre gut zu, was sie zueinander sagen. Thailand. Dieses Wort höre ich immer wieder. Thailand, Thailand, Thailand. Ich weiß nicht, was für ein Ort das ist. Aber ich höre, wie ein Soldat zu einem anderen sagt: »Wenn du da hinwillst, musst du in die Richtung gehen, in der die Sonne untergeht.«

Am nächsten Tag ist der Soldat verschwunden.

* * *

Sombos Radio sagt, wir müssen nach Norden. Im Norden steht eine große Schlacht mit den Vietnamesen bevor. Alle Soldaten müssen kommen. Ich weiß nicht, was im Norden ist. Wir marschieren lange an einem Fluss entlang.

Eines Tages betteln wir Sombo an, uns ins Wasser zu lassen. Es sind Egel darin und giftige Fische, aber das ist uns egal. Sombo willigt ein. Das Wasser ist sehr kalt und sehr klar. Unter der Wasseroberfläche sehe ich einen hellen Stock. Bewege ich mich, bewegt er sich auch. Der Stock ist mein Bein. Die ganze Zeit sehe ich abgemagerte Kinder mit Beinen wie Stöcken, jetzt sehe ich zum ersten Mal, dass auch mein eigener Körper einem Skelett gleicht.

Da alle Soldaten nach Norden ziehen, treffen wir im Dschungel auf andere Truppen. Manchmal bleiben wir bei der Rast hinter ihnen zurück, manchmal überholen wir sie. Die ganze Zeit halte ich nach meiner Schwester Ausschau. Wie durch ein Wunder überholen wir ihre Gruppe.

Ich laufe hin und sehe sie auf dem Boden liegen, sie liegt ganz still, ihre Haut, ihre Augen, alles ist gelb, sie ist schwer krank, beinahe tot. Ihr Gesicht und ihre Kleider sind schmutzig, als wären die anderen über sie getrampelt. Ich sage ihren Namen, und sie öffnet die Augen weit, aber sie kann nicht sprechen, sich nicht bewegen.

Bei ihrem Anblick wird ein Teil von mir verrückt. Ich berühre ihr Gesicht und erzähle ihr, wie alles wird, wenn der Krieg vorbei ist, wie wir auf Bäume klettern werden, Eis essen, dass sie ein neues Kleid bekommt, dass sie mir beibringen wird, richtig zu fluchen, aber in meinem Kopf sehe ich vor mir, was wirklich passieren wird. Wenn die Vietnamesen sie finden, werden sie sie vergewaltigen, ihr die Kehle durchtrennen, die Ohren abschneiden. Wenn wilde Tiere sie finden, wird sie langsam sterben, während sie sie fressen.

Meine Hand liegt am Abzug meines Gewehrs. Ich weiß, dass ich sie töten sollte. Damit sie nicht vergewaltigt wird, damit sie nicht von einem Tiger gefressen wird. Ich berühre ihre Wange und schließe ihre Augen. Ich ziehe den Abzug und bitte unsere Vorfahren um Hilfe, um Vergebung, dass ich dieses Mädchen töte, den einzigen Menschen, der mir auf dieser Welt noch geblieben ist.

Aber ich tue es nicht. Ich drehe mich um und gehe weg.

Ich taumele, meine Beine sind weich, als wären keine Knochen darin. Dann gehe ich langsam wieder sicherer. Es ist das Einzige, was ich tun kann. Immer weitergehen.

* * *

Wir kämpfen in einer großen Schlacht. Viele Kinder werden getötet. Und viele Soldaten. Irgendwann stehe ich auf und warte darauf, dass mich eine Kugel trifft. Aber nichts passiert. Ich weiß nicht, warum.

Selbst wenn ich es will, kann ich nicht sterben.

Überleben. Das ist das Einzige, was ich kann.

* * *

Sombo führt uns tiefer in den Dschungel. Er sagt, dass wir dahin gehen, wo die anderen Soldaten sind. In die Richtung, die das Radio nennt. Aber wir sehen keine anderen Soldaten mehr, und ich frage mich, ob er uns vielleicht an einen anderen Ort bringt, weg vom Krieg. Vielleicht nach Thailand.

Mitten im Dschungel stoßen wir plötzlich auf ein kleines Dorf neben dem Fluss. Kein richtiges Dorf wie früher, aber etwa zehn Hütten aus Holz und Matsch. Das Dorf ist ein Versteck, in dem eine Familie mit Kindern lebt.

Als sie uns kommen sehen, packt die Mutter ihr Baby und versteckt sich im Dickicht. Die Männer haben keine Gewehre, sie machen flehende Gesichter, sagen nur »Bitte, bitte« und falten die Hände wie zum Gebet. »Bitte tut uns nichts.«

Einer der Männer läuft zu Sombo und gibt ihm ein Geschenk: eine Flasche Coca Cola. Es ist verrückt, mitten im Dschungel Coca Cola zu sehen, nachdem wir so lange wie wilde Tiere gelebt haben. Sombo macht ein grimmiges Gesicht, vielleicht misstraut er diesen seltsamen Menschen in ihrem Versteck, aber der kleine Rattenfänger bittet Sombo, die Flasche zu nehmen. Er nimmt also die Flasche, und wir gehen weiter, lassen die Leute in ihrem Versteck in Frieden. Sombo schüttelt beim Gehen den Kopf, als wäre er verärgert oder verwirrt.

* * *

In dieser Nacht rasten wir etwas weiter flussaufwärts. Sombo öffnet die Colaflasche mit seinem Gewehr, und wir alle stehen um ihn herum und trinken die dunkle süße Flüssigkeit. Vier Jahre lang, fast fünf, haben wir nichts gegessen außer Reis, Ratten und Grillen, und jetzt trinken wir mitten im Dschungel Coca Cola.

* * *

In dieser Nacht, während wir alle von süßer, sprudelnder Limonade träumen, schlägt ganz in der Nähe unseres Lagers eine Bombe ein. Sombo packt uns und sagt, wir sollen in den Fluss springen. Einer der Jungen kann nicht schwimmen und steht weinend am Ufer, wir anderen springen ins Wasser und halten uns an herabhängenden Zweigen und aneinander fest. Ein Bombensplitter landet im Wasser, es zischt überall um uns herum, und das Wasser wird warm von der Explosion, aber niemand wird getroffen. Als wir wieder aus dem Wasser steigen, sehen wir den Jungen, der nicht schwimmen kann, tot am Ufer liegen. Sein Mund ist geöffnet, als würde er noch schreien.

* * *

Sombo ist sehr zornig. Er sagt nichts, aber ich weiß, er denkt, dass die Menschen in dem Versteck den Vietnamesen verraten haben, wo wir sind. Er sagt, er wird zurück zum Dorf gehen und die Leute warnen, dass die Vietnamesen in der Nähe sind. Er will, dass ich mitkomme, aber ich sage: »Nein, es geht mir nicht gut.« Ich habe Angst vor dem, was er tun wird.

Aber ich folge ihm heimlich und lasse ihn nicht aus den Augen.

Es ist Vollmond, und ich kann sehen, wie Sombo den Leuten in dem kleinen Dorf Fragen stellt. Sie sagen, nein, sie sind gute Kambodschaner, sie helfen nicht den Vietnamesen. Aber Sombo glaubt ihnen nicht, ich höre ganz leise das feuchte Schneiden des Bajonetts. Einen nach dem anderen tötet er, die Mutter, sogar das Baby, ganz leise, mit dem Bajonett, oder erschlägt sie mit dem Gewehr, ganz leise, damit niemand es hört.

* * *

Jetzt habe ich niemanden mehr auf der Welt. Sombo, der drei Jahre lang wie ein großer Bruder für mich war, der mich geschützt und viele Male gerettet hat, ist wie die anderen, er tötet leicht, tötet ohne Herz, tötet selbst ein kleines Baby. Ich bin lange Zeit allein gewesen, doch jetzt bin ich richtig allein. Ich habe das Lager überlebt, den Hunger, den Hass der Roten Khmer, doch jetzt werde ich sterben, an kaputtem Herzen.

* * *

Ich will weglaufen, mich allein durch den Dschungel schlagen, aber ich weiß, dass Sombo mich finden wird, dass er wissen wird, warum ich geflohen bin: Weil ich gesehen habe, was er getan hat. Ich beschließe, noch ein paar Tage bei der Gruppe zu bleiben, bevor ich fliehe. Ich bleibe aber auch, weil ich Fieber bekommen habe, tagsüber schwitze ich, nachts bin ich kalt wie Stein. In ein paar Tagen bin ich vielleicht wieder kräftiger, bereit, allein im Dschungel zu überleben.

* * *

Der kleine Rattenfänger ist jetzt sehr krank. Seine Augen sind gelb, er glüht den ganzen Tag vor Fieber, nachts zittert er vor Kälte. Sombo kümmert sich um ihn, gibt ihm eine Extraportion Suppe. Doch der Junge wacht nicht mehr auf. Seine geschlossenen Augen rollen hin und her, sein Körper ist schlaff wie eine welke Blume, als Sombo ihn auf den Arm nimmt.

»Du bist jetzt verantwortlich, Arn«, sagt Sombo. Er nimmt den Jungen auf den Rücken, der Junge stöhnt, als würden seine Knochen durch die Bewegung wehtun. »Ich brauche etwa fünf Tage, um ihn an die Grenze zu bringen und den Fluss zu überqueren. Nach Thailand. Ich bringe ihn ins Krankenhaus, dann komme ich wieder und finde euch.«

Ich verstehe nicht, warum Sombo uns plötzlich verlässt. Warum soll dieses Kind nicht einfach sterben, so wie all die anderen? Vielleicht, weil er Sombos Liebling ist. Oder vielleicht, weil Sombo einen geheimen Plan hat, den er uns nicht verrät.

Außerdem weiß ich nicht, wie Sombo diesen Ort finden kann, Thailand. Und wie er den Weg zurück zu uns finden will. Ich glaube nicht, dass das möglich ist.

Ich überlege, ob ich mit ihm gehen soll oder ob ich ihm heimlich, ganz leise, folgen soll, bis ich Thailand sehen kann. Aber dieser Sombo ist nicht mehr der alte Sombo. Diesen Sombo, der ein Baby töten und trotzdem den kleinen Rattenfänger lieben kann, verstehe ich nicht. Ich vertraue ihm nicht.

Ich sehe ihn an und denke, dass das vielleicht das letzte Mal ist, dass ich ihn sehe, diesen Menschen, vor dem ich jetzt Angst habe und von dem ich jetzt denke, dass er mich auch töten kann, wenn ich nicht tue, was er sagt. Ich sage: »Gut, Bruder. Dann bis bald.«

11

Als Sombo fort ist, streiten die anderen Kinder darüber, in welche Richtung wir gehen sollen. Sie entscheiden sich schließlich für einen Weg, ich gehe in die Gegenrichtung. Sie merken nicht, dass ich mich davonstehle, oder es ist ihnen egal. Wir laufen alle nur noch um unser Leben, wir kümmern uns nicht darum, wer von den anderen lebt und wer stirbt.

Ich denke nur an Thailand. Ich gehe in die Richtung, in der Thailand liegen muss, einen Tag, zwei, drei, manchmal sogar nachts, immer in die Richtung, in der die Sonne untergeht. Aber der Dschungel ist so dunkel, dass ich nicht mal den Himmel sehen kann, ich gehe nur immer weiter.

Nach etwa einer Woche komme ich an einen großen Fluss. Thailand! Um nach Thailand zu kommen, muss man einen Fluss überqueren, das hat Sombo gesagt. Jetzt bin ich also fast in Thailand. Ich muss nur noch das Wasser überqueren. Ich gehe eine Weile am Fluss auf und ab und suche nach einer flachen Stelle.

Im Wald neben dem Fluss sehe ich etwas Merkwürdiges, ein paar Hütten aus Holz und Matsch. Auf dem Boden sind Blutspuren. Dann Leichen. Ein alter Mann, eine Mutter, ein Kind. Ich kenne den alten Mann. Er hat Sombo die Coca Cola gegeben. Das sind die Leichen der Menschen in dem versteckten Dorf, die Sombo getötet hat. Ich begreife zwei Dinge: Die Menschen sind nicht sofort gestorben, sie sind noch weitergekrochen, bis sie tot waren. Und ich bin eine ganze Woche lang gelaufen, nur um wieder am selben Ort zu landen.

* * *

Ich habe schon lange nichts mehr gegessen und getrunken. Hoch oben in den Bäumen sind grüne Früchte, die ich noch nie gesehen habe, doch ich komme nicht dran. Beim Anblick dieser Früchte, die ich nicht haben kann, werde ich noch hungriger, also schaue ich beim Laufen auf meine Füße. Einmal sehe ich eine Frucht auf dem Boden liegen. Ich laufe hin und beiße hinein. Sie schmeckt süß und saftig, himmlisch. Dann sehe ich, dass lauter Maden darin sind. Viele kleine Maden, die tiefer in die Frucht hineinkriechen. Pech, ein paar habe ich ohnehin schon gegessen. Also esse ich auch den Rest.

* * *

Ich trete auf etwas Scharfes, Weißes. Knochen eines Menschen. Kleine verstreute Knochen. Vielleicht von einem Kind, das auch nach Thailand wollte.

* * *

Es gibt neben der Sonne noch etwas, das mich auf meinem Weg leitet. Das Geräusch des Krieges. Es ist weit entfernt, aber immer da, wie ein Herzschlag. Wenn ich die Bomben höre, ändere ich die Richtung.

* * *

Im Dschungel leben Tiger. Menschenfleisch riecht für sie nach Abendessen. Also klettere ich abends auf einen Baum, auf einen Banyanbaum mit breiten Ästen wie Hängematten und schlafe dort.

Als ich morgens vom Baum steige, ist das Gras darunter ganz flach und plattgedrückt, als hätte hier ein Tiger geschlafen.

* * *

Ich bin so müde, dass ich für jeden Schritt all meine Kraft brauche. Ich sage zu mir: Nur noch einen Schritt, dann kannst du dich ausruhen. Dann trickse ich mich aus und sage: Okay, Arn, und jetzt noch einen.

* * *

Es gibt auch viele Affen im Dschungel. Die Affen bewerfen sich mit Essen, vielleicht ist das eine Art Spiel. Ich stelle mich unter die Bäume, in denen hoch oben die Affen spielen, und warte darauf, dass sie etwas fallen lassen. Ich mache Affengeräusche und ein Affengesicht, und dann tun sie es tatsächlich, sie lassen etwas fallen. Ich weiß nicht, was es ist, aber ich esse es.

Ich bin wohl von den Früchten schläfrig geworden und habe mich unter einen Baum gesetzt, um auszuruhen. Denn als ich die Augen wieder öffne, steht vor mir auf dem Boden ein kleiner Affe und schaut mich an. Ein Affe, dann noch einer. Dann viele Affen. Viele Affenaugen schauen mich an. Neugierig. Sie schauen mich an, ich schaue sie an. Sie reden miteinander, aber ich weiß nicht, was sie sagen.

Einer der Affen, der größte, starrt mir in die Augen. Er ist der Boss, er kümmert sich um alle Affen, die Mütter, die Babys und die Alten. Alle Affen leben zusammen wie eine Familie. Ich sehe eine Mutter und ihr Baby, die sich umarmen, und denke: Sie haben Glück, viel Glück.

Ein kleiner Affe kommt zu mir, ganz nahe. Er sieht ein bisschen aus wie ein Mensch. Wie ein alter Mann. Er ist noch ein Baby, aber er hat das Gesicht eines alten Mannes. Ich bin ganz still, und er klettert auf meinen Schoß. Er legt mir den Arm um den Hals und hält mich wie seine Mutter. Ich lege mein Kinn auf seinen Kopf und rieche sein Fell, einen Geruch nach Staub und Milch. Sein kleines Herz schlägt dicht neben meinem, ganz schnell, er sieht zu mir auf, als würde er mich kennen. Ich halte ganz still, damit dieser Moment nicht endet.

Dann ziehen die anderen Affen weiter. Er sieht sie gehen, dann springt er auch von meinem Schoß. Die anderen Affen sind schon weg, dieser Kleine hier ist der letzte, der noch da ist.

Ich packe ihn. Ich drehe ihm den Hals um und töte ihn.

Ich fühle mich schrecklich. Als wäre ich kein Mensch mehr. Als wäre ich ein wildes Tier. Er hat mich umarmt wie seine Mutter, und ich töte ihn.

Warum? Warum bin ich so schlecht? Er hat mir nichts getan. Aber ich muss überleben. Ich muss essen. Ich habe schon Menschen getötet und jetzt dieses kleine Tier. Warum?

Weil ich in jeder Minute ans Überleben denken muss. In jeder Minute.

* * *

Nachts ist es jetzt sehr kalt. Meine Zähne klappern, die Knochen zittern, sogar mein Gehirn zittert in meinem Kopf. Außerdem habe ich überall Blasen. Auf dem Rücken, der Schulter, der Brust. Große Blasen, groß wie meine Hand, es schmerzt sogar, wenn ich liege. Also gehe ich weiter. Tags. Nachts. Es ist alles, was ich tun kann. Gehen.

* * *

In Gedanken sehe ich jetzt immer die Affenfamilie vor mir. Sie bewerfen mich, nicht mit Essen, sondern mit Steinen, Stöcken und Kacke, sie bewerfen mich mit ihrer Kacke und schreien mich an. Schreien um ihr Baby. »Wo ist unser Baby?«, fragen sie, mit menschlichen Stimmen. »Was hast du mit unserem Baby gemacht?«

Ihr Geschrei wird zu einem Lachen, einem verrückten Lachen. Dann verwandelt sich die Affenfamilie in meine eigene Familie, meine Schwestern, mein kleiner Bruder, meine Tante, alle lachen, spielen mit mir. Sie schauen hinter den Bäumen hervor, und ich laufe zu ihnen, weine glücklich, doch sie sind wieder weg. Ich höre sie nur hinter den Bäumen lachen, sie lachen mich aus, necken mich, als würden sie sagen, komm und finde uns, und ich denke: Vielleicht sind sie tot und wollen, dass ich mit ihnen komme.

Ich spreche mit ihnen, nenne ihre Namen. Und ich sage: »Wir sehen uns wieder, wir sehen uns wieder.« Das wiederhole ich viele Male, wie ein Lied. Dann stimmt meine Familie ein, und alle sagen es gemeinsam, der ganze Dschungel sagt es, die Blätter, die Schlingpflanzen, die Bäume, die Käfer, die Erde, der ganze Dschungel singt: »Wir sehen uns wieder, wir sehen uns wieder.«

Der Dschungel kippt zur Seite, dreht sich um, die Bäume stehen auf dem Kopf, es sieht komisch aus, und ich fühle mich endlich glücklich, müde und warm, endlich keine Kälte mehr, mein Gesicht liegt auf etwas Weichem, und ich denke: Es ist gut, Arn, jetzt kannst du dich ausruhen.

* * *

Seltsam, der Tod. Ein schlechter Geschmack im Mund. Die ganze Welt dunkel, nicht wie nachts, sondern wie durch einen Schatten, eine dunkle Wolke. Und dreckig. Das Atmen fällt mir schwer. Meine Nase ist mit Schlamm verklebt. Ein Auge ist mit Schlamm verschmiert. Als wäre ich begraben. Dann verstehe ich. Ich lebe. Mein Gesicht ist zur Hälfte im Schlamm versunken, und ich liege am Boden. Ich lebe.

Nicht mal, wenn ich denke, dass ich sterbe, sterbe ich.

* * *

Vielleicht kommt der Tod, wenn ich einfach hier liegenbleibe und ihn einlade. Wenn ich mich nicht bewege, nicht atme. Vielleicht kommt er sanft, ohne Axt oder Gewehr. Vielleicht im Schlaf, wie ein Traum, jede Minute ein bisschen näher, vielleicht merke ich es nicht mal. Vielleicht kann der Geist meiner großen Schwester mich führen, die Haare lang wie sie früher waren, lang, schwarz und glänzend, ein Liebeslied singend, im weißen Kleid.

Auf einmal sehe ich etwas Weißes vor mir. Etwas Großes. Es sieht mich an. Augen wie Edelsteine. Wie etwas Magisches steht dieses weiße Ding vor mir im Dschungel. Ein Kaninchen. Ein weißes Kaninchen. Fast so groß wie ich, auf den Hinterbeinen. Wie ein Mensch oder ein Geist. Ich bin benommen. Es befiehlt mir, ihm zu folgen.

Wieder Versteckspiel. Das Kaninchen versteckt sich hinter einem Baum, lugt hervor, versteckt sich wieder. Und ich folge, als ob ich nicht ich selbst wäre, als würde ich von außen auf mich schauen.

Bis ich schließlich noch etwas Magisches sehe: einen Fluss. Einen Fluss, und auf der anderen Seite ist Thailand. Ich weiß es. Denn auf der anderen Seite ist kein Dschungel mehr. Auf der anderen Seite sind keine Bäume. Nur Himmel. Gras. Trockenheit.

Das erscheint mir merkwürdig. Und gefährlich. Man kann sich nirgends verstecken in diesem Thailand, nicht wie im Dschungel, der mich die ganze Zeit beschützt hat, der mich auch jetzt vor der grellen Sonne und dem offenen Land verbirgt. Ich bin so weit gelaufen, um hierher zu kommen, und jetzt will ich nur eins: bleiben, wo niemand mich sehen kann.

Aber das Kaninchen ist schon auf der anderen Seite des Flusses. Es sieht mich mit seinen Funkelaugen an und macht Nebel in meinem Kopf, und jetzt bin ich stark wie hundert Jungen, wie ein Ochse, wie ein Panzer, und ich sehe meinen Fuß ins Wasser gehen, dann mein Bein, meine Taille, meine Brust, meinen Hals, mein Kinn, und der Körper, den ich im Wasser sehe, ist so blass, so dünn, nur noch Knochen, wie das Skelett im Dschungel. Ich sehe meinen Körper im Wasser treiben, meine Gedanken treiben auch, bis ich endlich auf Gras liege, auf thailändischem Gras, und meine Augen schmerzen von der grellen Sonne.

Und ich, ein Soldat, der jeden Tag getötet hat, ich, im Körper, im Herzen ein alter Mann, ich krabbele wie ein Baby.

12

Meine große Schwester Chantou beugt sich über mich, sie kaut Kräuter und legt sie auf die Blasen auf meinem Rücken. Meine Schwester Maly, von der ich die ganze Zeit über nichts gehört habe, ist auch da und gibt mir Medizin. Und meine kleine Schwester Sophea. Die ich im Dschungel gesehen habe, mager wie ein Skelett, mit Schmutz bedeckt und gelben Augen, die ich fast getötet hätte, auf wundersame Weise ist sie auch hier. Ich versuche, den drei Mädchen zu sagen: »Es ist wahr! Wir sehen uns wieder.«

Die Mädchen kichern, das Geräusch klingt wie Musik in meinen Ohren, wundervolle Musik. Sie heben mich hoch und tragen mich, die ganze Zeit kichern sie, und bei diesem himmlischen Geräusch schlafe ich ein.

* * *

Als ich aufwache, sind meine Schwestern nicht mehr da. Ich liege wieder im Gras, aber jetzt ist es schattig, wie in einem Wäldchen, und um mich herum sind Stimmen. Stimmen und Füße, die vorübergehen. Ich strecke die Hand nach einem der Füße aus, und die Person schreit und rennt weg. Jetzt kommt ein anderes Paar Füße, und eine Stimme sagt: »Wir dachten, du wärst schon tot.«

Ein Mädchen sieht auf mich herab, ein schönes Mädchen. Ich will sie fragen, wo meine Schwestern sind, aber mein Mund ist so trocken vom Fieber, vom Durst, dass kein Geräusch herauskommt.

»Wir haben dich von der Grenze hierhergetragen, ich und meine zwei Freundinnen«, sagt sie. »Aber du hast dich fünf Tage lang nicht gerührt.«

Das Mädchen ist nicht meine Schwester, es ist nur irgendein Mädchen. Die anderen Mädchen kommen kichernd dazu, und ich verstehe, dass das Kaninchen mir einen Streich gespielt hat.

* * *

Die drei Mädchen, diese Engel, kommen oft zu mir, kauen Kräuter, die sie auf meine Wunden legen, und geben mir Wasser, und mit jedem Tag werde ich ein bisschen stärker. Ich denke: Vielleicht bin ich in einem kleinen Dorf, wie das versteckte Dorf im Dschungel, aber ich habe nicht genug Kraft, um zu fragen, nicht mal genug Kraft, um danke zu sagen.

Eine laute Stimme weckt mich. Wie eine Maschine sagt diese Stimme immer wieder das Gleiche. Ein Lautsprecher. Die Stimme kommt aus einem Lautsprecher. Ich denke: Vielleicht bin ich in einem Albtraum, und alles vorher, das Kaninchen, der Fluss, nichts war echt, ich bin immer noch in meiner Heimatstadt, und die Roten Khmer fahren in ihren Wagen herum und sagen: »Die Amerikaner kommen«, und dann fangen das Töten, der Hunger, der Krieg, alles fängt wieder von vorne an.

Ich höre angestrengt zu und jetzt verstehe ich, was die Stimme sagt. Sie sagt: »Alle Flüchtlinge können ihr Versteck verlassen. Sie sind sicher. Kommen Sie ins Flüchtlingslager. Dort gibt es medizinische Versorgung. Und Wasser.«

Ich weiß, was hier los ist. Es ist wie in dem Spielzeugdorf, als der vietnamesische Soldat gesagt hat, es gibt Reis für alle, und dann alle getötet wurden. Die Engelmädchen kichern und laufen zum Lautsprecher, und endlich habe ich Kraft, ich muss diesen Mädchen, die mein Leben gerettet haben, sagen, dass sie nicht dorthin gehen dürfen. Ich stehe auf, mir ist sehr schwindelig, mein Kopf wie ein schwerer Stein, mein Hals wie ein Grashalm, aber ich stehe und sehe die Mädchen und viele Leute aus dem Wald kommen und laufen, alle laufen. Ich kann nur die Augen schließen und auf die Schüsse warten, die Schreie, das Stöhnen.

Stattdessen höre ich Musik. Ein kambodschanisches Liebeslied. Ein Lied mit dem Titel *Ich warte auf dich*. Ein kambodschanischer Popstar, wie Elvis, singt wie früher, wie im Radio meiner Tante, singt für mich: »Wo du auch bist, ich warte hier auf dich.«

Wie im Schlaf laufe ich in die Richtung, näher und näher, bis ich sehe, woher die Musik kommt. Aus einem großen Bus. Hierhin sind alle gelaufen. Die Engelmädchen und alle Leute aus dem Dorf, deren Füße jeden Tag an mir vorbeigegangen sind. All diese Menschen steigen in den Bus. Also steige ich auch ein. Ich steige in den Bus, der für mich singt, dass er auf mich wartet.

* * *

Es ist ein schöner großer Bus mit einem Ventilator, vielleicht sogar einer Klimaanlage, und ich zittere vor Kälte. Meine Kleider sind dünn und ich bin immer noch krank, ich muss meine Arme festhalten, damit sie nicht zittern. Ich schaue mit großen Augen aus dem Fenster. Ich sehe Thailänder in bunten Kleidern – nicht in Schwarz. Leuchtende Farben. Rot. Gelb. Orange. Jungen in Jeans. Mädchen in kurzen Hosen. Ganz anders als die kambodschanischen Mädchen, die immer lange Sachen tragen.

Die Fenster sind geschlossen, man hört keine Geräusche von draußen. Aber drinnen, drinnen ist Musik. Alte Lieder. Kambodschanische Lieder. Liebeslieder. »Wo du auch bist, ich warte hier auf dich.« Der Busfahrer hat ein Mikrophon und singt mit, und viele andere stimmen ein. Ein alter Mann hat eine Stimme wie ein Frosch. Eine alte Frau wie eine Katze. Ein schrecklicher Lärm ist das in diesem verrückten, glücklichen Bus, der über die Straße holpert, doch für mich ist es die schönste Musik, die ich je gehört habe.

Und oh, es ist ein Hunger in mir, ein beißender, beißender Hunger, so zu sein wie diese Leute, die die alten Lieder singen, die Lieder, die ich in meinem Herzen getötet habe, das jetzt anschwillt, bis ich denke, mein Körper kann es nicht halten, ich zittere so sehr, dass ich fürchte, meine Knochen brechen, und etwas in mir platzt auf, und ich schmecke salzige Tränen auf den Lippen und höre meine Stimme, meine eigene Stimme. Singen.

13

Milchpulver. Jeden Tag geben sie uns hier im Krankenhaus – einem Zelt mit offener Wand – Milchpulver mit Wasser. Ich trinke alles, dann kotze ich alles wieder aus. Oder ich kacke es aus. Wie früher beim Tempel am Mangohain kacke ich fünfhundertmal pro Nacht, und es kommt nur Flüssigkeit. Das Essen hier ist kein echtes Essen, nur weißes Wasser. Das Essen in Thailand ist wie das Essen der Roten Khmer.

Es gibt nicht genug Betten, manche Kinder schlafen auf dem Boden, auf dem Stein, sie weinen und stöhnen. Sie sind zu schwach, um mir mein Bett wegzunehmen, wenn ich zum Klo gehe. Manchmal schaffe ich es nicht bis dorthin. Manchmal kommt die Kacke einfach aus mir raus, und ich liege im Bett und lasse die Fliegen über mich krabbeln.

Aber immer kommt die Schwester wieder. Mit noch mehr Milchpulver.

* * *

Einmal frage ich die Schwester, welcher Tag es ist. Sie sagt: »Sonntag.« Ich sage: »Nein, welches Datum. Welches Jahr?« »März«, sagt sie, »März, 1979«.

Vier Jahre bin ich von zu Hause weg. Vier Jahre, seit ich in einem Bett geschlafen habe. Vier Jahre töten und kämpfen und hungern und sterben. Ich denke: Jetzt bin ich fünfzehn Jahre alt.

* * *

Hunderttausend Kugeln trommeln gegen das Dach. Ich strecke die Hand nach meinem Gewehr aus, aber da ist nur ein Laken, ein weißes Laken. Krankenhauslaken.

Meine Ohren warten auf die Bomben, die Schreie, meine Nase auf den Geruch von Schießpulver, um zu schätzen, ob der Feind nah oder fern ist. Aber ich rieche nur Erde, nasse Erde, die zu Schlamm wird. Ich kenne den Geruch, Erde, Regen, der Geruch des Monsuns. Ich verstehe. Regentropfen prasseln aufs Dach.

Hunderttausende Regentropfen.

Einfach nur Regentropfen.

* * *

Heute ist ein besonderer Gast zu Besuch. Eine Frau mit rosa Haut und einer langen Nase. Eine Weiße. Sie hat ein freundliches Gesicht, sie kommt an mein

Bett und beugt sich über mich, sie duftet nach Blumen. Eine Amerikanerin.

Und sie muss wichtig sein, denke ich, weil alle Schwestern, alle Ärzte mit ihr gehen. Misses Carter hier, Misses Carter da. Ich lerne ein neues amerikanisches Wort, als sie wieder weg ist. First Lady. Sie wird First Lady genannt. Vielleicht, weil sie die erste Frau ist, die ins Krankenhaus kommt, aber vielleicht ist sie auch etwas Besonderes, eine Prinzessin.

* * *

Im Krankenhaus läuft immer das Radio. Manchmal in einer komischen Sprache, vielleicht Thai, aber ich höre immer die Nachrichten aus Kambodscha, über den Krieg und ob ich bald wieder zurückgehen kann, um nach meiner Familie zu suchen.

Manchmal läuft im Radio der Sender *Voice of America*. Sie sprechen unsere Sprache und sagen den Menschen in Kambodscha, sie sollen nach Thailand gehen, der Krieg ist fast vorbei.

Immer das Gleiche. Immer Lügen. Auch hier ist Krieg, auch hier schreien die Kinder in Albträumen, und jeden Tag sterben welche.

* * *

Noch mehr Milchpulver. Mehr Kacke. Mehr Regen. Mehr wichtige Besucher. Ein großer Amerikaner.

Rosa Gesicht, Nase wie eine Axt, Koteletten wie Elvis. Jeans, Hemd, teure Uhr. Vielleicht der First Man. Ich bin nicht sicher, was er ist. Kein Arzt, aber er treibt sich immer im Krankenhaus rum, stellt Fragen, löchert die Schwestern, die Ärzte, sorgt sich um die kranken Kinder und wird sehr böse, wenn eines stirbt. Er weint jedes Mal, als wäre es sein eigenes Kind.

Ich frage mich, ob er Kinder hat, in Amerika. Ob sie gemeinsam in einem großen Auto fahren, mit Rock 'n' Roll-Musik aus dem Radio. Ob sie Coca Cola haben und Schlaghosen. Und vielleicht einen Vogel in einem Käfig, wie Hong einen hatte.

* * *

Der Schmerz in meinem Magen ist wie eine sich windende Schlange. Sie dreht und wendet sich und verteilt ihr Gift in mir. Hier im Krankenhaus kommt der Tod langsam zu mir, wie zu den Kindern auf dem Reisfeld, die an Malaria gestorben sind. Nach allem, was ich überlebt habe, Kämpfe, Bomben, Dschungel, sterbe ich jetzt doch. Ich verabschiede mich von meiner Familie. Ich sage: »Tut mir leid, dass ich es nicht schaffe, tut mir leid, dass ich euch nicht finden kann, der Schmerz ist zu groß.« Und ich rede mit dem Tod. Er ist schon ein alter Freund. Ich sage dem Tod: »Du kannst kommen, aber bitte komm schnell.«

Heute Nacht regnet es stark, so stark, dass alles unter Wasser steht. Die Kinder am Boden schreien und weinen, kriegen Wasser in den Mund, in die Nase, sind kurz vorm Ertrinken, und die Ärzte und Schwestern versuchen, die Kinder vor dem Wasser zu schützen, aber es geht alles langsam und die Kinder weinen weiter. Wenn man sie zu schnell aufrichtet, zu fest anfasst, können sie sterben.

Ich sehe den Amerikaner durchs Krankenhaus gehen, sein Gesicht ist nass vom Regen, vielleicht auch von Tränen. Er kommt näher und näher, aber er sieht mich nicht. Ich lasse mich aus dem Bett fallen, damit er mich bemerkt.

Aber er sieht mich immer noch nicht. Seine Stiefel kommen auf mein Gesicht zu, ich denke, dass dieser riesige Mann auf mich treten und mich töten wird, ich strecke den Arm aus, und seine Stiefel bleiben stehen. Er beugt sich über mich und starrt mich an, als würde er sich vor meinem Arm fürchten, als hätte er gedacht, ich bin bereits tot. Dann beugt er sich vor und hebt mich hoch, ganz vorsichtig, ganz stark. Er trägt mich weg, bevor ich das Bewusstsein verliere.

* * *

Dieser Amerikaner, vielleicht der First Man, sitzt jetzt jeden Tag an meinem Bett. Legt mir einen feuchten Lappen auf die Stirn und betet. Jesus. »Jesus«, sagt er. Von diesem Jesus habe ich früher schon einmal gehört, er ist so etwas wie der oberste Mönch in den USA. Deshalb denke ich: Vielleicht ist dieser Mann auch ein Mönch, ein Jesus-Mönch.

Sein Gesicht ist so traurig, so besorgt. Dann ist es plötzlich wütend. Wie eine Gewitterwolke. Er schreit die Schwester an, lässt den Arzt zu sich kommen und schreit ihn noch mehr an. Eben noch Jesus. Jetzt zur Hölle, zum Teufel, verdammt. Komischer Typ, dieser Mönch.

* * *

Der Mann steckt mir Medizin zu. »Es gibt nicht genug für alle Kinder«, sagt er, »nimm sie heimlich.« Er sagt, ich habe einen Wurm in mir, der mein Essen frisst. Egal was ich esse, der Wurm frisst es auf, aber wenn ich diese Medizin nehme, wird der Wurm sterben. Ich nehme den ganzen Tag über die Medizin, und mein Körper zittert wie verrückt, der sterbende Wurm in meinem Körper lässt mich mehr zittern als je zuvor. Doch irgendwann ist das Zittern vorbei, kein Fieber mehr, und keine Kacke wie Wasser.

Der Mönch spricht meine Sprache ein bisschen. Er sagt, er hat mich auserwählt, um zu leben. Er sagt, er will gerne allen Kindern das Leben retten, aber weil er das nicht kann, hat er mich auserwählt. Ich weiß nicht, was er damit meint, aber wieder einmal habe ich Glück.

* * *

Neue Kleider. Der weiße Jesus-Typ hat mir neue Kleider gegeben. Eine blaue Hose und ein weißes Hemd. Er weint, als ich ihm meine alten Sachen gebe, dünn, grau, viel zu groß, weil ich so dünn bin, die Kleider der Roten Khmer, steif vor Blut und Schmutz und dem Geruch des Todes. Er verbrennt sie, und ich rieche den Tod in den Flammen. Den süßlichen Geruch von Leichen, den Gestank nach faulen Eiern von dem schwarzen Bein des Reismädchens, den Geruch von brennenden Körpern. Der Jesus-Mönch kann weinen. Ich kann es nicht.

* * *

Einen Monat, vielleicht schon zwei, bin ich im Krankenhaus. Der weiße Jesus-Mönch kommt jeden Tag und füttert mich, bis der Arzt eines Tages sagt, dass ich ins Kinderlager kann. Ich weiß nicht, was das Kinderlager ist, es sieht aus wie ein Gefangenenlager. Alle Kinder schlafen zusammen in einem großen Zelt, ohne Mütter, ohne Väter, und in der Mitte des Lagers gibt es ein schmutziges Feld und einen Teich mit Regenwasser. Ich gehe zum Teich und schaue hinein, suche nach Knochen oder Leichen. Wie in dem Teich beim Mangohain.

Ein Kind rennt zum Teich und schreit, und plötzlich bin ich nass, nassgespritzt mit eiskaltem Wasser. Viele Kinder kommen und springen in den Teich. Sie spielen und spritzen und kreischen laut und glücklich. Sie rennen und springen und spritzen und spielen, sie suchen nicht nach Knochen und Leichen. Sie spielen glücklich, als wären sie nie Soldaten gewesen, als hätten sie nie Menschen getötet, als wären sie immer nur Kinder gewesen.

* * *

Im Kinderlager ist eine strenge Frau, die uns jeden Abend anschreit, dass wir ins Bett gehen sollen. Die Kinder nennen sie hinter ihrem Rücken Frau Gehtinsbett, und ich tue so, als würde ich sie nicht mögen, aber wenn sie sagt, dass wir ins Bett sollen, kann ich kaum noch stehen, so müde bin ich. Deshalb mag ich Frau Gehtinsbett eigentlich ganz gerne. Zumindest ein bisschen.

* * *

Im Kinderlager gibt es ein Volleyballfeld. Ein paar Kinder spielen, sie springen in die Luft und schlagen den Ball über ein Fischernetz. Die anderen Kinder schauen zu, ein großes Publikum. Ich beobachte das Spiel genau und sehe, dass die besten Spieler beliebt sind, ein bisschen berühmt. Mit den Gewinnern wollen alle Kinder befreundet sein, vielleicht, weil sie eine Extraration Essen bekommen oder so.

Drei Tage lang beobachte ich das Spiel, bevor ich auf den dreckigen Platz gehe, um es selbst auszuprobieren. Ich mache mich unsichtbar und stelle mich nah an den Rand. Die Kinder springen wie Heuschrecken, und in meiner Vorstellung springe ich noch höher als diese albernen Kinder, aber meine Beine machen nicht mit, meine Muskeln sind ohne Leben, wie die Beine eines alten Mannes. Die anderen Kinder springen, und ich bin wie ein Stein.

Der Ball kommt schnell auf mich zu, rast durch den Himmel wie eine Bombe, genau auf mich zu, und jetzt wissen meine Muskeln, was sie zu tun haben – ducken, am Boden kauern, die Knie umarmen, den Kopf verbergen. Warten auf den Knall. Doch das einzige Geräusch ist der leise Aufprall, als der Ball im Sand landet.

Das nächste Geräusch ist das Lachen der anderen Kinder. Sie lachen das verrückte Affenlachen, wie hundert verrückte Affen, während ich mit grimmigem Gesicht vom Platz gehe, mit steinernem Gesicht, wie vor langer Zeit die Gesichter der drei Roten Khmer, denen ich auf dem Schulhof das Fußballspielen beibringen wollte. All diese Kinder sind dumm, und ich zeige ihnen mein Steingesicht.

Alle sind dumm, bis auf eins. Ich sehe jeden Tag einen Jungen, der sich unter dem Tisch versteckt. Der Junge ist sehr klein, er heißt Runty und kauert unter dem Tisch, als würde er auf eine Bombe warten. Ich gehe zu ihm, vielleicht war er auch ein Soldat, nehme seine Hand und hole ihn aus seinem Versteck. Wir beide, ich, ein mageres Kind mit dem Körper eines alten Mannes, und er, ein winziges Kind mit dem Gesicht eines alten Mannes, sitzen nebeneinander und schauen den anderen Kindern beim Spielen zu.

Ich sitze neben Runty und nehme mir vor, dieses Spiel zu lernen und eines Tages, wenn ich stark bin, zu spielen wie ein Soldat, grimmig, ich werde all diese Kinder schlagen, dann werde ich ein Star und ein bisschen berühmt, und meine Familie wird von mir hören und kommen und mich finden.

* * *

Im Kinderlager gibt es richtiges Essen. Reis, Wasserspinat, manchmal sogar Fisch, Curry und Gemüse. Und die Erwachsenen sagen: »Iss so viel du willst.« Ich kann es nicht glauben, und manchmal esse ich so viel, dass ich Bauchweh kriege. Man weiß nie, ob man noch einmal so viel zu essen kriegt.

* * *

Der Jesus-Mönch hat einen Namen. Mister Pond. Das weiß ich, weil er mir einmal Bonbons mitbringt und Frau Gehtinsbett ihn anschreit. Die Bonbons heißen Chuckles. Sie sind bunt wie Edelsteine, innen ist Gelee, außen Zucker. Er gibt mir die Bonbons und sagt, ich soll sie vor den anderen Kindern verstecken. Aber Frau Gehtinsbett erwischt ihn und schimpft ihn aus. »Mister Pond«, sagt sie, »Zucker ist nicht gut für den Jungen, und es ist nicht fair gegenüber den anderen Kindern.«

Aber Mister Pond schreit sie an und sagt, sie soll sich nicht einmischen. Außerdem sagt er ein Schimpfwort. Dann geht er.

Ich esse ein Bonbon, und das Wasser läuft mir im Mund zusammen. Es schmeckt sehr gut, aber später bläht sich mein Bauch auf. Ich hebe die anderen Bonbons auf und verteile sie nach und nach an die anderen Kinder. Die meisten Bonbons gebe ich den beiden besten Volleyballspielern, Sojeat und Ravi. Sojeat tut alles, um den Ball zu bekommen und der Beste zu sein, und Ravi kann so fest schmettern, dass der Ball hart auf dem Boden aufschlägt. Ich sage zu ihnen: »Esst die Bonbons langsam und denkt an mich, ich bin der Junge, der euch diese guten Bonbons gegeben hat.«

* * *

Im Lager sind über zweihundert Kinder. Alle Waisen. Ich habe gehört, wie Frau Gehtinsbett das zu einer anderen Helferin gesagt hat. »All diese Kinder haben keine Eltern«, hat sie gesagt, »keine Verwandten. Wir haben überall gesucht, überall herumgefragt«, sagt sie. Aber ich glaube ihr nicht. Rund um das Kinderlager sind so viele Zelte. In Reihen, wie eine kleine Stadt. Vielleicht zehntausend, zwanzigtausend, vielleicht sogar eine Million hier in diesem Flüchtlingslager.

»Draußen in der Zeltstadt ist es gefährlich«, sagt Frau Gehtinsbett. »Haltet euch fern. Bleibt auf dieser Seite des Zauns.« Aber auf der anderen Seite ist vielleicht jemand aus meiner Familie. Vielleicht meine Mutter. Oder meine Tante. Oder meine Schwester. Oder Siv oder Kha oder Mek.

Eines Tages, als Frau Gehtinsbett nicht guckt, krieche ich durch den Zaun und gehe durch die Zeltreihen.

Familien. Mütter, Väter, Kinder leben zusammen. Sie kochen, spielen, als hätte es die Roten Khmer nie gegeben. Wie im Bus spüre ich wieder diesen beißenden Hunger nach dem, was sie haben. Mutter, Schwester, Bruder. Meine Augen spielen verrückt, sie springen überallhin, hierhin, dahin, als wäre jedes Mädchen, das ich sehe, meine kleine Schwester Sophea, jeder Junge mein Bruder. Bis ich näher komme und sehe, dass es nicht meine Geschwister sind.

Dann sehe ich einen Typen, der mich angrinst, als würde er mich kennen. Mein Herz hüpft in meiner Brust, weil dieser Typ mich kennt, und ich kenne ihn, bestimmt ist er aus meiner Stadt und kann mir sagen, wo meine Familie ist. Ich renne zu ihm, fliege, ich rieche fast schon die Fischsuppe meiner Tante, höre schon den Gong, der morgens durch unser Haus tönt, den Gesang der Mönche, die mich wecken, und weiß, all die Trauer, all die Einsamkeit ist jetzt vorbei. Die ganze Zeit im Dschungel habe ich meine Familie fest in meinem Herzen gehalten, und jetzt werden wir endlich wieder zusammen sein, für immer zusammen, nie mehr getrennt, und ich werde meiner Tante sagen: »Ich habe getan, was du gesagt hast, ich habe mich gebogen wie das Gras, und schau, hier bin ich.«

Jetzt grinst der Typ sehr breit, als könne er nicht erwarten, mir die gute Neuigkeit zu erzählen, ich kann alle seine Zähne sehen. Und sein Zahnfleisch. Schwarzes Zahnfleisch. Wie bei einem Hund. Wie bei dem Roten Khmer, den ich einmal getroffen habe, als ich auf dem Pferd in das andere Lager geritten bin. Der dachte, ich bin auch ein Roter Khmer.

Der Typ zwinkert mir zu. Und mein Herz bleibt stehen. Weil dieser Typ der Roter Khmer ist. Der Mann, dem ich einen Brief gebracht habe.

Ich schaue mich um und sehe überall Rote Khmer, nicht in Schwarz, sondern in normaler Kleidung und mit steinernen Gesichtern. Rauchen, spielen Karten, schlafen. Als wären sie nie Soldaten gewesen. Als hätten sie nie getötet. Niemanden mit der Axt erschlagen, keine Kinder verhungern lassen, nie die Leber eines Menschen gegessen.

In diesem Flüchtlingslager sind lauter Rote Khmer. Das ist die Gefahr, von der Frau Gehtinsbett geredet hat. Deshalb gibt es den Zaun.

Meine Beine zucken, sie wollen nur weg. Aber ich mache ein ausdrucksloses Gesicht, drehe mich langsam um und gehe zurück ins Kinderlager, als hätte ich nur einen Spaziergang gemacht. Dieser Ort ist verrückt, wie ein weiteres Jahr null, in dem nichts zählt, was vorher war, in dem alles vergessen ist. In dem auch die Mörder Essen und Zelte bekommen, mitten unter Familien leben und alle ganz normal tun. Ein verrückter Ort, an dem du dieses Spiel spielen musst, um am Leben zu bleiben.

* * *

Volleyball ist jetzt mein Leben. Jeden Tag beobachte ich die Spieler. Nachts, wenn die anderen schlafen, schleiche ich mich raus und übe springen, aufschlagen und schmettern. Ich übe heimlich, bis ich gut bin, richtig gut. Das nächste Mal, wenn ich spiele, wird mich kein Kind mehr auslachen. Das nächste Mal, wenn ich spiele, werden die beiden besten Spieler, Sojeat und Ravi, mich in ihrem Team haben wollen.

* * *

In Kambodscha ist immer noch Krieg. Manchmal hören wir mitten in der Nacht dumpfe Schläge, wie ein Herzschlag. In diesen Nächten kommt Runty zu mir ins Bett, und wie vor langer Zeit mit Mek halte nun ich Runty wie ein Vater oder großer Bruder, und er hört auf zu zittern.

* * *

Heute spiele ich beim Volleyball mit. Ich warte nicht, bis mich jemand fragt, ich gehe einfach aufs Feld. Ich springe, ich schmettere, und niemand lacht. Ich höre nur Klatschen. Nicht wie bei den Roten Khmer, wo alle gleichzeitig anfingen und aufhörten. Echtes Klatschen und Anfeuerungsrufe. Ein Geräusch, das ich mag. Sehr.

* * *

Mister Pond kommt jeden Tag und schaut mir beim Volleyball zu. Frau Gehtinsbett beobachtet ihn, und ich weiß, was sie denkt: Das ist nicht fair den anderen Kindern gegenüber. Deshalb tue ich so, als würde ich es nicht merken. Ich strenge mich an, um ihn zu beeindrucken, aber ich spiele den Ball auch zu den anderen Kindern, und nach dem Spiel stelle ich Mister Pond die Kinder vor.

Eines Tages sagt er zu mir: »Such dir zwei Freunde aus.« Ich habe Runty am liebsten, aber er hat immer

Angst und er spielt nicht gut Volleyball, also wähle ich Sojeat, den besten Spieler, und Ravi, den großen Jungen, der so gut schmettern kann, aber ein bisschen schüchtern ist. Mister Pond sagt, er erwartet uns beim Einbruch der Dunkelheit am Zaun, er hat eine Überraschung für uns.

Als es dunkel wird, schleichen wir uns von Frau Gehtinsbett weg und treffen Mister Pond am Zaun. Er ist mit dem Auto da, ein großer Mercedes, und sagt: »Hüpft in den Kofferraum.« Sojeat und Ravi wollen nicht mit diesem Unbekannten das Lager verlassen. Frau Gehtinsbett sagt, hinter dem Zaun lauern Gefahren. Sie sind Kinder, sie waren nie Soldat wie ich, und wenn ihnen jemand sagt, dort ist es gefährlich, kriegen sie Angst. »Warum müssen wir uns im Kofferraum verstecken?«, fragen sie. »Warum können wir nicht im Auto sitzen?« Ich habe auch ein bisschen Angst, aber ich will es nicht zeigen. Nicht den beiden Volleyballstars.

Ich springe in den Kofferraum und winke zum Abschied. Ich mache einen Witz, dass Mister Pond jetzt heimlich mit mir nach Amerika fährt. Die beiden Jungen sehen sich an, und vielleicht, weil ich ein bisschen berühmt bin, weil ich so gut Volleyball spiele und einen Amerikaner zum Freund habe, vertrauen sie mir. Sie steigen auch in den Kofferraum.

Hier drin fällt das Atmen schwer, und man spürt jeden Buckel auf der Straße. Die beiden Jungen werden böse auf mich und sagen, vielleicht ist dieser Mister Pond ein schlechter Mensch, vielleicht entführt er uns und macht schlimme Sachen mit uns.

Da hält das Auto an und der Kofferraum geht auf. Wir sehen, dass wir nur eine kurze Strecke gefahren sind, bis zum Gebäude der Amerikaner, ganz in der Nähe des Flüchtlingslagers. Dort sind nur Weiße mit rosa Haut und langen Nasen, sie trinken Bier, essen gutes Essen und hören Rock 'n' Roll. Wir essen mit ihnen, dann sind wir so satt von dem guten Essen, dass wir schlafen, bis wir wieder nach Hause müssen.

Wir kommen zurück ins Lager. Frau Gehtinsbett erwartet uns sehr ärgerlich. »Mister Pond«, sagt sie, »das ist sehr schlecht und gefährlich, was Sie mit den Jungen machen. Und was ich Ihnen sage, geht zum rechten Ohr hinein und zum linken wieder raus.«

Mister Pond lacht nur. »Sie sind bei mir«, sagt er, »bei mir sind sie sicher.«

* * *

Zwei Nächte später hören wir vor dem Zelt Flüstern und Rascheln. Am nächsten Tag ist einer der Volleyballspieler verschwunden. Wir finden ihn auf dem Volleyballplatz, sein Bauch ist aufgeschnitten und mit Gras gefüllt.

Frau Gehtinsbett sagt, das waren die Roten Khmer. Sie kommen nachts ins Lager, sagt sie, und holen Kinder zum Kämpfen. Wenn ein Kind nein sagt, wird es getötet.

* * *

Heute hat Mister Pond ein Geschenk für mich, Sojeat und Ravi. Bücher. Amerikanische Bücher. Ein Kinderbuch über ein Kind, das mit einem Hund spielt, Judy, so heißt der Hund, glaube ich. Und einen Comic, der Star Wars heißt, mit Soldaten in silberner Uniform, auch ein Tier ist Soldat, es hat ein dickes Fell und ein Gewehr. Außerdem noch ein sehr dickes Buch ohne Bilder, ein Wörterbuch.

Sojeat will immer der Beste sein, er schnappt sich das beste Buch, den Star-Wars-Comic, und liest die Wörter laut vor, um anzugeben. Ravi ist ernsthafter, er nimmt das Wörterbuch und liest langsam darin. Ich nehme das Buch mit dem Hund Judy, aber die Wörter sind für mich nur Würmer auf den Seiten. Ich mache die anderen nach und versuche, die Wörter auszusprechen, aber ich verstehe überhaupt nichts. Bevor die Roten Khmer kamen, waren Sojeat und Ravi in der Schule, sie können lesen. Der arme Junge in mir, der nie in der Schule war, träumt sich in das Judy-Buch hinein. Und der Soldat in mir träumt von Mister Ponds Mercedes in Amerika.

An den nächsten Abenden nimmt Mister Pond mich, Sojeat und Ravi wieder mit, und Frau Gehtinsbett wird sehr böse. Einmal folgt sie uns bis zum Gebäude der Amerikaner und schreit ihn an. »Es ist sehr gefährlich, was Sie machen«, sagt sie. »Kein Herumschleichen in der Nacht mehr! Die Wächter können Sie erschießen, wissen Sie das? Vielleicht halten sie Sie für einen Roten Khmer, der sich einschleicht. Vielleicht erschießen sie Sie, vielleicht sogar die Kinder.« Sie sagt, er soll damit aufhören, sonst wird sie ihn verhaften lassen.

Aber Mister Pond sagt nur, sie soll verschwinden.

* * *

Ein paar Tage später kommt Mister Pond nicht. Noch ein paar Tage, und ich denke, er ist zurück nach Amerika geflogen, und ich werde ihn nie wiedersehen. Kein Mercedes, keine Judy. Ich spucke auf das Buch, gehe zum Volleyballplatz und spiele sehr hart, sehr gemein, schieße Kinder mit dem Ball ab, beschimpfe sie und gewinne, gewinne, gewinne, bis niemand mehr mit mir spielen will.

* * *

Frau Gehtinsbett sagt zu mir: »Tja, dein Freund Mister Pond hat einen großen Fehler gemacht. Vielleicht hat er seine Lektion gelernt.« Das sagt sie halb böse, halb zufrieden. »Genau wie ich gesagt habe, sagt sie, er wurde vom Wächter angeschossen.«

Ich schreie sie an, nenne sie eine Lügnerin und spucke nach ihr, aber sie macht nur ein hämisches Gesicht. »Geh ins Krankenhaus, dann wirst du schon sehen.«

Im Krankenhaus liegt Mister Pond wie ein Riese in einem Kinderbett. Sein Gesicht ist schweißbedeckt und er hat einen Verband ums Bein – und ein breites Lächeln im Gesicht. Er lacht sogar. Dieser verrückte Kerl sagt, er hat acht Kugeln im Bein, als wäre es ein Scherz.

Jetzt will ich auch ihn anspucken, dieser Verrückte hat es geschafft, dass ich ihn mag und mir Bücher geschenkt, mir gesagt, dass ich der Auserwählte bin, und jetzt lässt er sich fast umbringen. Aber er sagt, die thailändische Königin ist sehr böse auf den Wächter, weil er einen Amerikaner angeschossen hat. So böse, dass sie Mister Pond drei Wünsche gewährt hat.

»Ich habe ihr gesagt, was ich mir wünsche«, sagt er. »Sojeat. Ravi. Und dich.«

14

Die ganze Welt ist neu. Das Vogelgezwitscher am Morgen, der Eulenruf am Abend. Das Summen der Insekten. Heute singen sogar die Frösche für mich. Weil Mister Pond mich auserwählt hat, mit ihm nach Amerika zu fahren.

In meinem Herz ist ein Lied, das herauswill, also singe ich: »Twist again like we did last summer«. Ich singe sehr laut, auf dem Weg zum Frühstück, so laut, dass sogar der Mynahvogel einstimmt. Ich komme am Teich vorbei, und heute gehe ich hin, denke nicht mal nach, springe einfach hinein, mache einen Salto in der Luft. Die Welt steht Kopf, die anderen Kinder stehen Kopf und zeigen auf mich, rufen, und dann, platsch!, kommen nur noch Blasen aus meiner Nase, in der Unterwasserwelt, wo es ganz still ist und wo mein Leben von jetzt an immer glücklich sein wird.

* * *

Beim Frühstück wissen schon alle Kinder die Neuigkeit. Alle Kinder kommen zu uns und fassen uns an, mich, Sojeat und Ravi, als hätten wir Zauberkräfte, als würde dann ein bisschen von der Zauberkraft auf sie abfärben.

Alle Kinder, bis auf eines. Runty. Ich sehe ihn unter dem Tisch, wo er sich versteckt hat und die Arme eng um den Körper schlingt, den Kopf zwischen den Armen. Alle Freude, aller Zauber verschwindet, und mein Herz wird schwer wie ein Stein. Ich schiebe die anderen Kinder weg und laufe zurück ins Schlafzelt, damit ich Runtys Gesicht nicht sehen muss, seine Augen, die sagen, dass ich ihn betrogen habe.

* * *

Ich verkrieche mich den ganzen Tag im Bett und denke an Runty und die anderen Kinder. Was wird aus ihnen? Ich darf mit Peter nach Amerika, aber was ist mit ihnen? Sie leben für immer hier im Lager und denken nur an Reis, Volleyball, und noch mehr Reis. Und warum darf ich nach Amerika, ich, der getötet hat, der Menschen ins Grab gestoßen hat, der so viele schlechte Dinge getan hat? All diese Gedanken drücken auf mein Gewissen, zu viele Gedanken kämpfen gegeneinander, und ich kann mich nur verstecken, bis es Zeit ist zu gehen.

Mitten in der Nacht spüre ich plötzlich etwas Warmes neben mir. Runty. Er kommt und legt wie früher seinen Arm um mich. Ich drücke ihn an mich, ich habe keine Worte, um ihm zu sagen, wie sehr es mir leidtut, aber er umarmt mich einfach. Ich weiß vorher nicht, was ich sagen werde, die Worte kommen einfach aus mir heraus: »Ich komme wieder und hole dich«, sage ich. »Versprochen.« Ich weiß nicht, wie ich das tun soll, ihn holen, alle Kinder nach Amerika holen, die keine Familie haben, ich weiß nur, dass es wahr ist.

Ich schlafe ein, Pläne im Kopf, wie ich in Amerika berühmt werden und all diese Kinder zu mir holen kann. Im Traum stürzen sich die Kinder auf mich, drücken mich zu Boden, in die Erde, und ich liege unter einem großen Haufen, kann mich nicht bewegen, nicht aufstehen, denn auf mich drückt ein schweres Gewicht: hunderttausend Leichen.

* * *

Sojeat und Ravi lernen den ganzen Tag Englisch. Ich versuche, es zu machen wie sie und lerne viele neue Wörter. Gut, danke. Wie geht es dir? Möge die Macht mit dir sein!

Sie schreiben in die Hefte, die Peter Pond uns gegeben hat. Ich versuche, die Buchstaben abzuschreiben, aber hauptsächlich zeichne ich. Mein neues Leben in Amerika. Flugzeuge. Peter Ponds Mercedes.

Kassettenrekorder. Jeden Tag einen riesigen Topf Fischkopfsuppe, gebratene Ameisen und Chuckle-Bonbons.

* * *

Peter Pond bringt uns Kleider, die wir in Amerika tragen sollen. Mützen, Handschuhe, lange Hosen, Jacken. Alle Kinder kommen, um diese komischen Kleider anzusehen und anzufassen und damit zu spielen. Sie fragen sich, wie man sie wohl richtig trägt, und lachen, weil Amerika so komisch ist. Aber ich merke, dass sie auch ein bisschen neidisch sind.

* * *

Viele kleine Blumen blühen jetzt. Kleine gelbe Blüten mit einem winzigen Wassertropfen in der Mitte. Sie blühen überall. Sie bedecken die Felder, die Täler, die Hügel. Nie zuvor habe ich diese Blume gesehen, glaube ich. Blüht sie erst jetzt, wo ich nach Amerika fahre?

* * *

Ich bin jetzt der Volleyballkönig. Ich springe hoch wie ein Frosch, höher als das Netz. Sehr hoch für einen Jungen meiner Größe. Ich schlage den Ball so fest, dass niemand ihn annehmen kann. Alle Kinder wollen in meinem Team sein. Wie früher bin ich ein bisschen berühmt. Ich und Sojeat und Ravi haben das Sagen, wir sind die Volleyballstars und die einzigen Kinder, die nach Amerika fahren. Nicht mal Frau Gehtinsbett kann uns vorschreiben, was wir tun sollen. Sie schaut mich jetzt immer böse an, beobachtet mich mit zusammengekniffenen Augen, als könnte sie mir mein Glück wegnehmen. Sie ist der Boss in diesem Lager, aber mir macht sie keine Angst. Ich weiß, wie es sich anfühlt, echte Feinde zu haben. Rote Khmer. Vietnamesische Soldaten. Eine mürrische alte Frau ist gar nichts.

Heute habe ich den Volleyball so fest geschlagen, dass er über den Zaun geflogen ist. Frau Gehtinsbett hat nicht geguckt, also bin ich wie ein Grashüpfer über den Zaun gesprungen, um den Ball zurückzuholen. Es heißt, die Männer dort drüben haben ihr eigenes Volleyballteam, und sie werden unseren Ball klauen. Aber nicht, wenn ich schnell genug bin.

Alle Kinder gucken zu, und Sojeat schnalzt mit der Zunge. In letzter Zeit ist er immer böse auf mich und sagt: »Keinen Unsinn, sonst fahren wir nicht nach Amerika. Wenn du Probleme kriegst, Arn, kriegen wir alle Probleme.« Aber er ist bloß ein Kind, kein Soldat wie ich, nur ein verwöhnter, eingebildeter Schuljunge, und ich zeige ihm, dass mir egal ist, was er sagt.

Ich laufe auf dem breiten Weg durch die Zeltstadt, schnappe mir den Ball und laufe zurück. Da ruft eine

Stimme nach mir, eine Stimme, die meinen Namen kennt. »Kleiner Fisch«, sagt die Stimme, »bist du es?«

Ich kenne diese Stimme. Ich kenne sie aus der Zeit, als mein Leben aus Kugeln und Blut und Dschungel und dem Geruch nach verwesendem Fleisch bestand, und ich laufe davon wie der Wind, ich drehe mich nicht um, um zu sehen, woher sie kam, ich stolpere über meine eigenen Füße, springe über den Zaun, werfe Sojeat den Ball zu und laufe weiter, bis ins Zelt, wo ich ins Bett springe und mir die Decke über den Kopf ziehe.

* * *

Am Abend kommt Sojeat ins Zelt und fragt: »Was ist los, Arn? Hast du ein Gespenst gesehen?«

Ich sage ihm, dass ich Bauchschmerzen habe. Das ist die Wahrheit. Mein Magen ist schwer wie ein Stein. Ich kenne diese Stimme. Und sie kennt mich auch. Mich, den Volleyballkönig, das beliebteste Kind im Lager, mich, den Peter Pond ausgewählt hat, in Amerika zu leben – die Stimme weiß, wer ich wirklich bin.

Ein Kind, das getötet hat, das Menschen ins Grab gestoßen hat, das Menschenfleisch gebraten hat.

* * *

Ich spiele nicht mehr Volleyball. Ich lerne nur noch. Lerne Englisch. Lerne Zahlen. Ich sitze neben Ravi, nicht neben Sojeat. Sojeat macht ein hämisches Gesicht und fragt mich, wie es meinem Bauch geht. Aber ich antworte nicht. Ich stecke meine Nase in die Bücher und tue so, als wäre Lernen das Wichtigste auf der Welt.

Ich lerne folgende Wörter: Schau, Judy läuft. Lauf, Judy, lauf. Ich lerne auch einen neuen Namen: Luke Skywalker. Und der haarige Soldat mit dem Hundefell heißt Wookie, glaube ich.

* * *

Sojeat beobachtet mich jetzt die ganze Zeit. Mit aufmerksamen, zusammengekniffenen, nachdenklichen Augen, als würde er über eine Matheaufgabe nachdenken. Wenn ich an einem heißen Tag zum Teich gehe, beobachtet er mich. Wenn ich mich zum Mittagessen anstelle, beobachtet er mich. Selbst wenn ich aufs Klo gehe, beobachtet er mich. Dieser Junge hat mich immer im Auge, weil er mein Geheimnis kennt. Er hat gehört, dass Sombo meinen Namen gerufen hat. Er weiß, dass ich ein Roter Khmer war.

Er kann mich verraten, bei Frau Gehtinsbett, bei den anderen Kindern, und dann fahre ich nicht nach Amerika.

Aber Sojeat ist schlau, nicht nur bücherschlau. Er

weiß, dass ich Peters Liebling bin. Und er weiß, wenn ich nicht nach Amerika fahre, fährt er vielleicht auch nicht.

Er ist schlau. Aber ich bin schlauer. Vielleicht kann man sagen, dass ich ein bisschen wie die Angka bin, wie die Ananas mit den hundert Augen. Denn ich beobachte ihn auch.

* * *

Ich höre jetzt die ganze Zeit Sombos Stimme. Kleiner Fisch, bist du es? Nachts höre ich sie im Traum. Tags höre ich sie, wenn wir zum Essen anstehen. Die Schlange ist nahe am Zaun, so dass ich jetzt manchmal eine Mahlzeit ausfallen lasse. Oder ich gehe ganz früh oder ganz spät, wenn es keine Schlange gibt.

Einmal erwischt mich Frau Gehtinsbett, als ich mich während der Essenszeit im Bett verstecke, sie schreit mich an und jagt mich zum Essen. Sie kneift mich ins Ohr und führt mich so bis zum Zaun. Dort sehe ich Sombo.

Er steht auf der anderen Seite des Zauns, in normalen Kleidern, und sieht mich direkt an.

Frau Gehtinsbett hält mich immer noch am Ohr wie eine Trophäe. Jetzt wird sie allen zeigen, dass der berühmte Volleyballspieler in Wahrheit ein Killer ist.

Sombo sieht mich glücklich an, er hat Tränen in den Augen, aber ich blicke ausdruckslos zurück. Als würde ich ihn nicht sehen, als wäre er gar nicht da. Er sieht verwirrt aus, verwirrt und traurig. Eine Minute geht vorbei, zwei, und dann sieht mich auch Sombo ausdruckslos an. Er dreht sich um und geht mit einem anderen Mann weg.

Frau Gehtinsbett geht auch weg. Aber ich kann hören, wie sie mit der Zunge schnalzt. Ich kann auch hören, was Sombos Freund sagt. »Ist das nicht der Junge, von dem du erzählt hast?«, sagt er. »Der Junge, der mit verbundenen Augen auf der Khim spielen kann?«

Sombo schüttelt den Kopf. »Nein«, sagt er. »Das ist er nicht.«

* * *

In dieser Nacht liege ich im Bett und danke Sombo in Gedanken. »Ein weiteres Mal«, sage ich zu ihm, »ein weiteres Mal hast du mir das Leben gerettet.«

* * *

Peter Pond hat eine Nachricht geschickt. In einer Woche fliegen wir nach Amerika. Er hat auch ein Päckchen mit Chuckle-Bonbons geschickt, einem 20-Dollar-Schein und wichtigen Papieren für die Reise.

Die anderen Kinder sind jetzt sehr traurig, traurig oder böse, sie sehen mich nicht an, fragen nicht, ob ich mit ihnen Volleyball spielen will. Nachts schleiche ich an ihre Betten und lege ihnen Bonbons unters Kopfkissen. Und früh morgens, wenn ich nicht schlafen kann, gehe ich nahe am Zaun entlang. Aber Sombo sehe ich nie.

* * *

Am letzten Abend im Lager verabschieden wir uns von allen Kindern. Sie weinen sehr, und auch wir weinen sehr. »Ihr habt so ein Glück«, sagen sie, »dass ihr nach Amerika dürft. All die guten Sachen dort, alles umsonst. Essen und Kleider und Autos und Coca Cola. Ihr habt so ein Glück.« Ich gebe jedem Kind etwas aus Amerika, etwas, das Peter uns geschickt hat, Mütze, Schuh, Jacke. Ravi hat ein weiches Herz und verschenkt auch seine Kleider. Schließlich gibt auch Sojeat, der immer besser sein will als ich, seine Sachen weg.

15

Am Flughafen, Bangkok heißt er, geben wir unser amerikanisches Geld aus. Fast alles, fast die ganzen zwanzig amerikanischen Dollar, geben wir für Eis aus.

Oh, mein Bauch tut so weh, wieder ist es, als ob sich eine Schlange in meinem Magen windet. Und jetzt habe ich auch Fieber, und Durchfall und Schüttelfrost. Ich will weinen und schreien, aber wenn die Leute im Flugzeug sehen, dass ich krank bin, darf ich nicht nach Amerika. Deshalb lasse ich mir nichts anmerken, stehe gerade wie ein Stock, aber der ganze Flughafen wirbelt um mich herum, der Boden wird zur Decke, die Lautsprecherstimme dröhnt in meinem Ohr und Schweiß rinnt mir ins Auge. Sojeat sieht mich böse an, weil er weiß, dass ich ihm diese große Sache verderben kann. Aber Ravi stützt mich auf dem Weg ins Flugzeug. Wir lächeln die Ticketfrau breit an, aber sie merkt es nicht einmal, nimmt nur das Ticket, und wir steigen ins Flugzeug.

Das Flugzeug ist groß wie ein Kino, Reihe um

Reihe, drinnen sind bestimmt dreihundertLeute, alle drängeln und sprechen Thai, Familien, Mütter, Väter, Kinder, und wir drei, ganz allein, mit einem Schild um den Hals, auf dem steht »Peter Pond, USA«. Dann zittert das Flugzeug, zittert wie ich, als hätte es auch so eine Angst. Dann fährt es ganz schnell und hebt die Nase, alle Leute schreien, und ich werde in meinem Sitz zurückgedrückt, mein Kopf wird zurückgedrückt und auch die Haut von meinem Gesicht, meinen Wangen, wie beim Lächeln. Denn jetzt fliegen wir.

* * *

Sojeat hat sich den besten Platz geschnappt, den am Fenster, aber Ravi ist plötzlich gar nicht schüchtern, er beugt sich an ihm vorbei, um auch nach draußen zu schauen. Jetzt sind wir alle sehr aufgeregt, wir hüpfen auf unseren Sitzen und schubsen uns fröhlich, weil wir nach Amerika fliegen. Irgendwann sagt die Frau, die der Boss im Flugzeug ist, wir sollen uns hinsetzen, und schnallt uns an.

Etwas später, als die anderen beiden schlafen, muss ich dringend aufs Klo. Ich habe Durchfall und muss jetzt auch kotzen. Alles kommt aus mir raus, als würde alles aus Kambodscha meinen Körper verlassen. Auf dem winzigen Klo, auf dem es nach Kacke stinkt, feiere ich einen heiligen Moment und verabschiede mich. Von meiner Familie. Meinen Freunden. Von Mek. Von Runty. Von ihnen allen verabschiede ich mich und sage: »Wartet auf mich. Ich komme zurück und hole euch.«

* * *

Das Flugzeug landet an einem Ort namens Dänemark, um aufzutanken. Wir können für eine Stunde aussteigen. Die Sonne scheint hell, und die Leute haben alle gelbe Haare, blaue Augen und durchsichtige Haut. Und es ist sehr kalt in Dänemark. Noch nie in meinem Leben habe ich so eine Kälte gespürt. Nicht mal nachts im Dschungel, diese Kälte hier ist anders, schmerzhaft.

Die anderen Leute haben Mützen, Schals, alles, was Peter uns geschickt hat und was wir den anderen Kindern geschenkt haben. Wir haben ihnen sogar die Schuhe gegeben, und jetzt erfrieren wir in Dänemark. Unsere nackten Füße auf dem Boden lassen uns zittern wie Grashüpfer. Und die anderen Leute sehen uns an, als wären wir verrückt.

Wir steigen zurück ins Flugzeug, bloß weg von dieser Kälte, und die Flugzeugleute, der Pilot und die Frau, die das Essen verteilt, geben uns Sachen – Schuhe, Jacken, ein kratziges Ding, das sie Sweatshirt nennen –, und ich habe das Gefühl, dass es stimmt, was alle über Amerika sagen, dass die Weißen nett sind, sehr nett. Dass sie dir alles schenken.

Und die Frauen streicheln mich, freundlich und sanft, und ich fühle ein Zittern, weil mich noch nie eine Frau so berührt hat. Ich sage ihnen allen »Danke« und »Möge die Macht mit dir sein«.

* * *

New York. Der Pilot sagt, dass wir bald in New York sein werden. Sonst verstehe ich nichts, diese Sprache klingt für mich wie Spucken und Kauen, aber das Wort New York kenne ich. Tausend Menschen stehen da und warten, als wir aus dem Flugzeug steigen, viele Familien, die sich umarmen und weinen und winken, es ist wie ein Feiertag. Wir haben Peter seit zwei Monaten nicht gesehen, und jetzt sehen wir ihn auch nicht. Wir fragen uns, ob er uns vielleicht vergessen hat. Aber dann drängt er durch die Menge nach vorne, sein Gesicht ist verschwitzt. Hier in Amerika sind viele große Menschen, Peter ist nicht mehr so ein Riese wie in Thailand.

* * *

Peters Auto ist groß. »Ein Buick«, sagt er, »besser als Mercedes, und einen Kassettenrekorder hat er auch.« Ich frage ihn, ob das Auto ihm gehört, und er sagt ja. Und ich denke: Alles klar, jetzt sind wir reich. Peter ist glücklich und will uns Amerika zeigen. Er sagt viele Dinge und zeigt aus dem Fenster, aber nur Ravi und Sojeat verstehen, was er sagt. Ein Wort, das er sagt, ist McDonald. Wir gehen zu seinem Freund McDonald, um dort etwas zu essen. Herr McDonald trägt einen Hut aus Papier und hat ein nettes Gesicht, deshalb versuche ich mein Englisch bei ihm. »Reis«, sage ich zu McDonald, »Reis, bitte.«

Er sieht Peter an und lacht. »Reis«, sage ich sehr laut. »Reis.« Jetzt lacht auch Peter, und der Mann lacht und viele Leute lachen. Peter sagt: »Hier gibt es keinen Reis.« In Amerika gibt es keinen Reis? Das hat uns niemand gesagt, bevor wie Thailand verlassen haben. Kein Reis. Wie werden wir überleben?

Dann sagt Peter ein Wort, das ich schon gehört habe: Hamburger. Er bestellt für uns Hamburger, und wir schauen zu, wie er hineinbeißt, und machen es ihm nach. Es schmeckt schrecklich, wie Kacke, und man kaut darauf herum wie auf einem alten Schuh. Das einzig Gute ist die Sauce. Die Sauce ist in einer kleinen Tüte. Ich esse drei, vier Päckchen Ketchup, bis ich nicht mehr kann.

Fahren, fahren, wir fahren lange, bis wir zu Peters Haus kommen, und ich muss ihn mehrmals bitten anzuhalten, damit ich das Ketchup auskotzen kann. Aber was kann ich sagen? Nur danke, danke für den Hamburger, danke, und noch mal danke.

* * *

Das Haus von Peters Mutter ist riesig, eine Villa mit hundert Zimmern, und sie ist alt und runzelig, hat eine große Nase wie Peter, und wir nennen sie Großmutter, aber sie lächelt nicht viel.

Sie bringt uns in ein Zimmer mit einem großen Bett, groß genug, dass wir alle hineinpassen, und schließt die Tür. Wir hören ihre Stimme von draußen und Peters Stimme, sie streiten ein bisschen, aber wir denken nur an dieses große Bett, dass hoch über dem Boden ist, mit einer Wolke obendrauf zum Schlafen, aus weißem flauschigem Stoff, weich und dick und perfekt zum Hüpfen. Ich springe hoch und mache einen Salto in der Luft, wie beim Sprung in den Teich. Wir springen alle, springen und fallen und rangeln und spielen lange. Hier ist es zwar Abend, aber für uns fühlt es sich immer noch an wie Tag. Der beste Tag unseres Lebens.

Dann kommt Peter herein und schreit uns an. Sein Gesicht ist eine dunkelrote Gewitterwolke, Spucketropfen fliegen aus seinem Mund, und er schreit laut. Ich weiß nicht, was er sagt, ich springe ins Bett, ziehe mir die Decke über den Kopf und verstecke mich, aber ich höre immer noch sein Geschrei. Ich denke: Warum ist er plötzlich so? Im Lager hatte Peter uns sehr lieb und hat uns Bücher und Chuckle-Bonbons gegeben, jetzt schreit er uns an und hasst uns.

Es war ein großer Fehler, denke ich, nach Amerika zu kommen.

* * *

Am nächsten Morgen sagt Peter: »Los Jungs, auf geht's.« Er ist wieder fröhlich. Gestern Abend war er so böse und jetzt sagt er, auf geht's. Ich frage mich: Warum ändert er so schnell seine Meinung? Er fährt uns in seinem Buick zu einem Ort, den er Mall nennt, wo es viele Kleider gibt, die man einfach in seinen Einkaufswagen legt. Peter sucht neue Kleider für uns aus, Hosen und Hemden und Schuhe, und ich denke, hier gibt es alles umsonst, vielleicht ist Amerika doch nicht so schlecht.

Wir machen es wie Peter, wie nehmen alles, was wir wollen, Mützen und Socken und Bonbons und Spray, das nach Blumen duftet, aber dann stoppt uns ein Polizist mit unserem Einkaufswagen, und Peter schreit uns wieder an und nimmt uns all die guten Sachen weg, die wir in unseren Wagen getan haben. »Das macht man nicht«, schreit er. »Das macht man nicht!« Schwer zu verstehen, dieses Amerika. Und schwer zu verstehen, wer dieser neue Peter ist.

* * *

Unsere Stimmung geht rauf und runter, in der Mall war es lustig, die neuen Kleider machen uns glücklich, dann schreit Peter uns an, und wir sind bedrückt. Dann will Peter ein Foto von uns in den neuen Kleidern machen, und wir lächeln ein breites Lächeln mit vielen Zähnen. Aber als er mit dem Foto fertig ist, gucken wir wieder sauer. Und er sagt: »Kein Foto von den mürrischen Gesichtern.«

* * *

Als wir wieder im Auto sind, gibt Peter uns einen Zettel und sagt: »Lernt das.« Er sagt, wir sollen bei einer Versammlung seiner Kirche Wort für Wort sagen, was auf dem Zettel steht. Sojeat lernt es natürlich sofort. Ravi lernt es auch, aber er ist zu schüchtern, um es laut zu sagen. Wir fahren lange, dann hält Peter den Buick an, und wir steigen aus. Viele weiße Leute stehen auf dem Gras und lächeln uns an, ein bisschen glücklich, und auch ein bisschen besorgt. Sie berühren unsere neuen Kleider aus der Mall. Ich fühle mich steif in diesen Kleidern, mit Krawatte und Gürtel und den harten Schuhen wie aus Holz, in denen unsere Zehen eingesperrt sind. Keine Schlaghosen, aber wir sind trotzdem stolz, neue Kleider zu haben.

Dann hält Peter eine lange Rede. Die ganze Zeit über starren uns die weißen Leute an. Manchmal mit traurigem Gesicht, manchmal mit offenem Mund, manchmal flüstern sie hinter der Hand, aber alle sehen uns an, als hätten sie nie Kinder wie uns gesehen. Dann gibt Peter uns das Mikrophon.

»Sprecht in das Mikrophon«, sagt Peter. »Sagt ein paar Worte.« Sojeat wird zum ersten Mal in seinem Leben schüchtern, er will nicht der Erste sein. Ravi hat auch Angst, und ich sehe, dass Peter ein bisschen böse wird. Also halte ich das Mikrophon, wie ich es bei Elvis gesehen habe und bei den Beatles, und sage etwas von dem Zettel, den Peter uns gegeben hat. Ich sage: »Ich bin glücklich, hier zu sein, in Amerika.«

Die Leute klatschen. Sie klatschen lange für uns, und ich spüre tief in mir, dass ich das mag. Dass ich dieses Geräusch mag. Sehr.

Ich bin erst seit zwei Tagen in Amerika, und schon bin ich ein bisschen berühmt.

16

Zu unserer Überraschung leben schon Kinder in Peters Haus. Weiße Kinder. Peters eigene Kinder. Eins heißt Kate, eins Doug, eins Donna, alle haben die gleichen blauen Augen wie Peter. Und eine Frau. Peter hat auch eine Frau, sie heißt Shirley und sieht ein bisschen alt aus, als wäre sie Peters ältere Schwester. Die Kinder schütteln uns die Hand und sagen: »Willkommen in Amerika«, aber in ihren Augen sehe ich ein bisschen Sorge, derselbe Ausdruck wie im Gesicht von Hongs Mutter, als Hong gefragt hat, ob ich mitkommen kann, so, als hätten sie Angst, dass nicht genug für alle da ist.

Aber im Haus gibt es viel zu essen. Bananen, Orangen und andere Früchte in einer Schale mitten auf dem Tisch, aus der sich jeder etwas nehmen darf. Abends gibt es ein feierliches Essen, Reis, gutes Fleisch und Gemüse, mit Kerzen und Gebet. Nach dem Essen schmuggeln Ravi und Sojeat und ich ein paar Früchte in unser Zimmer und legen sie unters

Kopfkissen für später. Aber wir können nicht warten, wir essen die Früchte sofort, und unsere Bäuche sind prall und rund. Wir spielen mit den Schalen und werfen sie hin und her. Bevor wir schlafen gehen, öffnen wir das Fenster und pinkeln nach draußen, es macht Spaß zu sehen, wie weit man pinkeln kann. Außerdem haben wir Angst, dass das amerikanische Klo uns nach unten saugt.

* * *

Ein, zwei, drei Tage leben wir hier, wir essen wie zu Hause, Reis zu jeder Mahlzeit, und lernen das ABC mit Shirley. Wir bringen Doug, Kate und Donna Volleyballspielen bei, wie man schmettert, und sie bringen uns gute Schimpfwörter bei. Nachts legen wir unsere Wangen auf das weiche Kissen und lauschen der Stille, hier in New Hampshire gibt es nachts keine Geräusche, nur das Haus, das ein bisschen ächzt, weil es all diese Leute in seinem Inneren hält.

* * *

Eines Morgens kommt Shirley in unser Zimmer und schreit uns an. Sie dreht total durch, in unserem Zimmer sind überall Bananenschalen, und es stinkt wie auf dem Klo. Ich denke: Alles klar, jetzt werden wir zurückgeschickt nach Kambodscha. Im Wohnzimmer streitet sie mit Peter, sie weint und schreit Worte, die ich nicht verstehe, aber Ravi sagt mir, was sie gesagt hat: »Es war nicht meine Idee, diese Kinder hierherzuholen«, sagt sie.

Wir packen unsere Sachen, unsere Kleider aus der Mall und das ABC-Buch, als Peter hereinkommt und sagt, wir sollen alle nach unten kommen. Wir alle, ich und Ravi und Sojeat und Peters Kinder und Shirley, wir müssen alle lange zusammensitzen und darüber sprechen, was wir Schlechtes getan haben, und neue Regeln machen. Ich und Ravi und Sojeat bekommen auch neue Aufgaben, Holzhacken und so, und ich denke: Oh-oh, hoffentlich ist es in New Hampshire nicht wie bei den Roten Khmer, die ganze Zeit hart arbeiten, jeden Tag neue Regeln und abends eine Versammlung.

* * *

Tagsüber ist das neue Leben in Amerika ganz in Ordnung. Gegen meine Aufgaben habe ich nichts. Ich bekomme viel gutes Essen, es gibt einen großen weichen Stuhl, der Couch heißt und eine Fernsehsendung, *Duke of Hazard*, über ein amerikanisches Kind mit einem schnellen Auto. Aber nachts, wenn das ganze Haus schläft, muss ich an die kambodschanischen Kinder denken, hungernde Kinder, dünn wie Skelette, die Kinder, die ich zurückgelassen habe,

Waisen wie Runty. Kinder, die im Krieg gestorben sind, bedeckt von Blut, Gehirn und Eingeweiden. Ich sehe auch die Gesichter der Menschen, die ich selbst getötet habe, die Frau, die meinen Knöchel gepackt und mich Roter Khmer genannt hat. Ich schwitze wie im Fieber und winde mich so, dass die schwere amerikanische Decke sich verheddert und mich wie eine Schlingpflanze einfängt, bis ich schließlich aufstehe und warte, dass die Sonne aufgeht und der Tag beginnt.

* * *

Die Tage werden mit jedem Tag kürzer, die Nächte kalt, fast wie in Dänemark. Wir stehen jeden Morgen früh auf, um vier Uhr, und erledigen unsere Aufgaben, hacken Holz und lernen Vokabeln mit Shirley. Dann sagt Peter eines Tages, es sei Zeit, dass wir in die Schule gehen. Ich war noch nie in einer richtigen Schule. Ravi und Sojeat waren früher schon in der Schule, deshalb haben sie auch nur ein bisschen Angst, aber ich habe Panik. Die Schule heißt Highschool. Sie ist nur für Teenager, es sind etwa fünfhundert. Alle weiß. Wir sind die einzigen braunen Körner in dieser riesigen Schale mit weißem Reis. Der Lehrer hält ein Ding hoch, das Globus heißt, zeigt darauf und sagt: »Kam-bod-scha. Da kommen diese Kinder her. Kam-bod-scha.«

Die anderen Kinder starren uns mit offenem Mund

an, dann höre ich ein Geräusch wie summende Bienen. Alle Kinder reden durcheinander, wie ein riesiger Bienenschwarm. Wir tragen stolz unsere neuen Sachen, Khakihose, Krawatte und Hemd, aber die anderen Kinder tragen alte Kleider, Jeans mit Löchern oder Flicken, und die Mädchen zu enge T-Shirts. Ich frage mich, ob die anderen Kinder alle arm sind, ob wir vielleicht die einzigen reichen Kinder sind.

Ich sehe auch, wie sich Jungen und Mädchen in den Gängen küssen. So etwas Privates tun sie in der Öffentlichkeit, und ich schaue schnell weg, als wären diese Kinder schlecht, verdorben, wie Prostituierte.

Das Schulgebäude ist sehr verwirrend. Überall Türen, lange Gänge, alles sieht gleich aus. Deshalb gehe ich aus Versehen auf das Mädchenklo. Die Mädchen schreien und zeigen auf mich, als wäre ich ein Krimineller. Ich renne raus, schweißgebadet, und sehe Sojeat mit den amerikanischen Kindern lachen. Warum hat er mir nicht geholfen? Ich bin wütend auf Sojeat, aber ich halte die Wut den ganzen Tag zurück. Ich muss auch den ganzen Tag pinkeln, aber ich halte es ein, bis wir nach Hause kommen.

* * *

Am nächsten Tag beauftragt der Lehrer einen der beliebten Jungen, einen Spieler aus dem Footballteam, sich um mich zu kümmern und mir die Schule zu zeigen. Der Junge ist groß, mit Schultern wie Berge. Ich entspanne mich endlich bei diesem großen Jungen, der mich beschützt, und nehme seine Hand, damit er mich herumführen kann. Aber er schüttelt meine Hand sofort ab, als wäre Kacke daran. Also gehe ich hinter ihm her, aber ich kann ihm mit seinen langen Beinen kaum folgen. Um uns summt der Bienenschwarm. Ich halte Ausschau nach Doug, Kate oder Ravi, doch ich sehe nur die Schulterberge dieses Jungen, die den Gang entlang von mir weggehen.

* * *

Die ganze Zeit höre ich ein Wort: Monkey. Aus dem Summen des Bienenschwarms höre ich immer wieder dieses Wort heraus. Ich frage Doug, was es bedeutet, und er zeigt es mir, er springt und kratzt sich unterm Arm und macht uh-uh-uh-ah-ah, aber ich habe schon verstanden. Die Kinder in der Schule halten mich für ein Tier.

In meinem Herzen wächst ein schlechtes Gefühl. Wie ein brüllender Tiger, eine riesige Wut, wie ich sie hatte, als ich Soldat war, und ich denke: Wenn sie nicht aufhören, werde ich diesen amerikanischen Kindern wehtun. Ich werde ihnen zeigen, was ein Tier ist.

* * *

Peter ist besessen von Kambodscha. Er geht die ganze Zeit auf Versammlungen und sagt, wir sollen den Amerikanern von Kambodscha erzählen. Er gibt uns einen Zettel mit einer Rede, die wir Wort für Wort auswendig lernen sollen, und eines Tages sagt er, »Jungs, keine Schule heute, wir machen einen Ausflug.« Wir fahren lange in seinem Buick, Ravi und Sojeat sitzen hinten und lesen in ihren Schulbüchern, ich sitze vorne und singe mit Peters Radio Rock 'n' Roll. So lerne ich Englisch. Die anderen beiden lesen ihre Bücher und bekommen gute Noten in der Schule, ich singe mit den amerikanischen Sängern. Copacabana, Betty Davis Eyes, Bruce Springsteen, mein Lieblingssänger.

Bei der Versammlung tragen wir unsere steifen neuen Kleider und halten Peters Rede, ohne wirklich zu wissen, was die Worte bedeuten. Hinterher kommt ein kleines Mädchen zu mir und gibt mir einen Dollar. »Für dein Land«, sagt sie. Das kleine Mädchen hat blonde Locken und sieht aus wie ein Bild in der Kirche, in die Peter uns gebracht hat, wie ein Engel. Ich nehme ihren Dollar, falte ihn vorsichtig zusammen und stecke ihn in die Tasche. Ich werde ihn Runty schicken.

Wir lächeln alle drei, breit, mit vielen Zähnen, und unser Foto kommt in die Zeitung.

Ein paar Tage später sind wir wieder in der Zeitung. Dieses Mal sind es schlechte Nachrichten. Jemand hat in New Hampshire ein Feuer gelegt, und drei Scheunen sind abgebrannt. Die Zeitung erwähnt uns, die Kinder aus Kambodscha und fragt, ob wir das vielleicht gemacht haben.

An diesem Tag in der Pause bilden der große Footballspieler und andere Jungen mit breiten Schultern einen Kreis um mich, zünden ein Streichholz an und fragen, ob ich Feuer mag. Sie alle zünden Streichhölzer und Feuerzeuge an und zeigen auf mich, und ich weiß, sie denken, ich habe das Feuer gelegt. Ich sage das Schimpfwort, das Kate mir beigebracht hat. »Fucker!«, sage ich. Da lachen sie, ein schrilles, verrücktes Lachen, und ich denke: Jetzt klingt ihr wie Affen.

In Gedanken rede ich mit ihnen. »Ihr wisst nicht, was ich mit euch machen kann. Früher habe ich Typen wie euch einfach erschossen.« Ich muss alle Muskeln zusammenreißen, damit ich nicht tue, was der Tiger in meinem Herzen mir sagt: diese Kinder töten.

* * *

Nachts träume ich, dass ich das Klo nicht finden kann. Ich renne durch die Highschool, dann durch den Dschungel, suche überall nach dem Klo, und in meinem Traum sind die Kinder aus der Highschool in

Kambodscha. Der große Footballspieler, der das Streichholz angezündet hat, ist auch da. Ich lasse ihn auf den Boden knien und schlage mit der Axt zu, bis sein Kopf wie ein Hamburger am Boden klebt.

Ich versuche wieder einzuschlafen und an die vielen guten Sachen zu denken, die es hier gibt, an diesem sicheren Ort, New Hampshire in Amerika. Ich denke: Nach allem, was ich durchgemacht habe, werde ich nun auch meine Rettung überleben.

* * *

Ich bekomme jetzt besonderen Unterricht. Bei einer besonderen Lehrerin. Sie heißt Pat. Jeden Tag, während die anderen Kinder zum normalen Unterricht gehen, auch Sojeat und Ravi. Sojeat macht sich über mich lustig, er sagt, ich sei dumm, aber er sagt es nie vor den anderen. Der Unterricht findet in einem kleinen engen Raum statt, wie ein Schrank, in dem nur Pat und ich sind. Den ganzen Tag versucht sie, mir Englisch beizubringen. Meinem Mund beizubringen, diese komischen Laute zu machen. Meine Zunge ist müde, am Ende der Stunde will sie nur schlafen, aber Pat drängt mich, immer noch mehr Wörter zu lernen.

In vielen Worten ist dieser Laut, den ich nicht sagen kann: Th. Thanks. Think. Thunder. Ein wichtiger Laut, dieses Th. Diesen Laut gibt es nicht in Khmer. Deshalb kann meine Zunge ihn nicht bilden. Aber Pat sagt ihn immer wieder, ganz nah vor meinem Gesicht, ihre Zunge zeigt mir, wie es geht, schlägt gegen die Schneidezähne, als wollte sie mich fressen. Da spucke ich sie an. Ich spucke ihr mitten ins Gesicht.

Sie zuckt zurück, und ich denke, jetzt schlägt sie mich, aber sie läuft nur aus dem Raum, Tränen in den Augen. Und ich denke: Warum spucke ich sie an, sie will mir doch nur helfen. Warum bin ich so schlecht? Warum?

* * *

Es gibt hier etwas, das Schnee heißt. Es fällt wie Zucker vom Himmel, winzige Zuckerflocken vorm Fenster, es ist sehr schön, aber es macht mich auch sehr traurig, so traurig, dass ich einfach aus der Schule gehe und den ganzen Weg nach Hause laufe. Durch den Schnee ist alles ganz still, die Welt liegt unter einem Kissen, und bei jedem Schritt denke ich an Mek, der sagte, das Paradies sei der Ort, an dem Zucker vom Himmel fällt und kein Kind hungern muss. Der Schnee setzt sich auf meine Wimpern, nass wie Tränen.

* * *

In der Schule gibt es einen Lehrer in kurzen Hosen, der den Kindern beibringt, wie man Fußball spielt. Verrückt. In Amerika gibt es für alles einen Lehrer, sogar um den Kindern das Spielen beizubringen. In Kambodscha wissen die Kinder selbst, wie man spielt, sie brauchen keine Erwachsenen, die es ihnen zeigen. Fußball kenne ich von zu Hause. Ich habe es sogar einmal mit den Soldaten der Roten Khmer gespielt. Ich jage den Kindern den Ball ab und renne und renne, ich bin so klein, dass ich den Ball einfach zwischen den großen haarigen Beinen der amerikanischen Jungen wegtreten kann, dann schieße ich fest, und er landet im Tor. Wie beim Volleyball, wie bei allem, was ich tue, mache ich es, um Aufmerksamkeit zu bekommen, um ein bisschen berühmt zu werden. Außerdem will ich zeigen, dass ich auch etwas kann. Ich kann den Ball fester schießen als die anderen, schneller rennen als die anderen, vielleicht weil ich es so sehr will. Auf einmal bin ich ein Held. Heute Morgen noch ein Affe, heute Nachmittag ein Held.

Der Fußballtrainer sagt, ich kann in der Fußballmannschaft mitspielen, und auf dem Heimweg im Bus sind die anderen Kinder nett zu mir. Sojeat beugt sich vor und flüstert mir ins Ohr: »Sie denken, du bist ein Held. Aber ich weiß, was du wirklich bist.«

* * *

Einmal beim Mittagessen in der großen Cafeteria, wo es immer sehr laut ist, kommt ein Lehrer mit Pferdeschwanz auf mich zu, der Musiklehrer. Ich denke:

Oh-oh, jetzt ist der auch noch sauer auf mich. »Arn«, sagt er, »ich habe ein Geschenk für dich.« Und er gibt mir eine kleine Holzflöte. Eine Flöte aus Kambodscha.

Ich weiß nicht, wie man darauf spielt, aber ich nehme sie mit, und eines Abends, als die Hausaufgaben zu schwierig sind, gehe ich in den Wald hinterm Haus und spiele ein bisschen darauf, um die Flöte kennenzulernen. An einem anderen Abend gehe ich in die Waschküche und spiele dort. Wie durch einen Zauber erkennt die Flöte mich. Mit meinen Fingern, meinem Mund spielt sie die alten Lieder aus Kambodscha, Lieder, die ich mit ganzer Seele kenne. Liebeslieder, so alt wie der berühmte Tempel von Angkor Wat, leben in mir, und wenn ich die Augen schließe, kommen sie heraus. Ein Stück Kambodscha, wie der Geruch nach Jasmin und Zitronengras, Ingwer und Kardamom, liegt in der Luft von New Hampshire.

* * *

Ich bekomme jetzt viel Aufmerksamkeit. Peter nimmt mich oft aus der Schule, damit ich vor Kirchengruppen spreche, Parteien der Regierung und anderen wichtigen Leuten. Ravi und Sojeat wollen nicht. Sojeat will jeden Tag in die Schule, damit er gute Noten bekommt und Arzt werden kann. Und

Ravi ist wie die amerikanischen Kinder, er will nicht über schlimme Sachen reden, nur über lustige Sachen. Peter zwingt sie nicht.

Aber ich merke, dass sie ein bisschen eifersüchtig sind, weil ich so oft im Mittelpunkt stehe. Ich kann es nicht ändern, ich will sprechen, sie nicht. Peters eigenen Kindern, Doug, Kate und Donna, ist Kambodscha egal, aber auch sie sind ein bisschen eifersüchtig.

Für mich ist es ganz natürlich, auf der Bühne zu stehen, es ist etwas, das ich gut kenne. Wie früher meine Familie stehe jetzt ich auf der Bühne, und die Leute applaudieren und geben uns Geld für Kambodscha. Ich denke: Vielleicht kann ich so mein Herz von allen schlechten Sachen reinigen, die ich getan habe, vielleicht habe ich überlebt, damit ich Geld für Kambodscha sammeln kann. Und der Hunger, den ich gespürt habe bei dem Anblick glücklicher Familien, vielleicht kann dieser Hunger endlich gestillt werden.

* * *

Eines Abends sitzen wir beim Abendessen, ein schönes Essen mit Tischdecke, Kerzen und Gebet. Peter ist nicht da, er ist bei irgendeiner Versammlung, er geht jetzt dauernd auf Versammlungen, alle für Kambodscha, sagt er. Shirleys Augen sind ein bisschen traurig, ein bisschen einsam, weil Peter nicht da ist, ein bisschen eifersüchtig, weil er seine ganze Zeit mit Kambodscha verbringt. Deshalb gebe ich ein bisschen an, erzähle ihr, wie viele Tore ich beim Fußballtraining geschossen habe, damit sie ein bisschen stolz auf mich ist und nicht mehr so traurig, damit sie lächelt, wie wenn Sojeat ihr seine guten Noten zeigt.

Shirley lächelt und sagt: »Gut, sehr gut«, aber sie ist zerstreut und schaut zur Tür, ob Peter bald kommt. Da beugt Sojeat sich zu mir und flüstert mir ins Ohr. »Du bist ein Roter Khmer«, sagt er. »Du bist ein Roter Khmer, du hast meinen Vater und meine Mutter getötet.«

Wie schon früher im Krieg ist plötzlich etwas in mir elektrisiert. Ich springe mit einem Satz auf den Tisch, stehe mit den Schuhen auf Tischdecke und Tellern, wie ein Riese, Geschirr geht kaputt, Gläser zerbrechen, und die kleine Schwester Kate schreit und weint. Ich höre es, aber in meinem Kopf ist ein Tunnel, alles ist schwarz, ich sehe nur Sojeats Gesicht, plötzlich nicht mehr so stolz und eingebildet, sondern ängstlich wie ein Baby, wie die Menschen im Mangohain, die auf die Axt warten, wie der erste Junge, den ich erschossen habe, so überrascht, dass er noch lächelte, wie die Frau im Spielzeugdorf, bevor ich sie getötet habe.

Dann ist überall Blut, auf Sojeats Gesicht, seinem Hemd, der weißen Tischdecke. Ich habe irgendetwas getan, dass es jetzt so blutet, ich sehe Blut auf meinen Turnschuhen, vielleicht habe ich ihn ins Gesicht getreten, ich weiß es nicht. Die anderen schreien, Kate sagt: »O nein, o nein.« Ah, Blut, ich erinnere mich an das Blut, wie es riecht, wie es läuft, wie es dich betrunken macht, dass du immer mehr willst, und der Tiger in meinem Herzen brüllt, jetzt hat er Blut geleckt und will mehr. Ich packe Sojeat am Hals, und er packt mich und zerreißt mir das Hemd, wir fallen auf Geschirr, das zersplittert, Kate weint, und ich laufe in die Küche und hole ein Messer, ein schönes Messer, und ich sehe meinen Arm in der Luft, so stark und schön dieser Arm, jetzt wird dieses Messer sprechen, wird alles sagen, was ich nicht sagen kann.

Da verlässt alle Luft meinen Körper, etwas hat mich fest gepackt, etwas Starkes hält mich fest wie eine Schlingpflanze im Dschungel und drückt mich zu Boden, noch mehr Geschirr splittert. Neben mir auf dem Teppich ist Ravi, er atmet schwer und weint, sein Arm liegt um meine Hüfte. Ich blicke auf und sehe weit weg alle Gesichter auf mich herabsehen, Kate und Shirley, ängstlich, mit Tränen im Gesicht, und auch Doug weint. Ich springe auf und renne aus dem Haus in die Dunkelheit.

17

Mein einer Schuh bleibt an der Tür hängen, also streife ich auch den anderen ab und renne weiter. Ich trage nur meine Hose, mein zerrissenes Hemd, keine Schuhe, nur Socken, und ich friere in der kalten Nacht in New Hampshire. Mir ist kalt, und mein weißes Hemd ist voller Blut. Sojeats Blut, mein Blut. Es klebt und riecht nach Eisen. Blut auf der Haut zieht ein und geht nie wieder weg.

Das Haus von Peters Familie steht auf einem Hügel, kein anderes Haus in der Nähe, ich laufe nur durch die Bäume, sie stehen sehr dicht und halten mich auf. Jetzt fängt es an zu regnen, die Regentropfen prasseln auf die Blätter wie Kugeln, der Boden riecht nach Pflanzen und Erde, und ich bin wieder im Dschungel.

Also tue ich das, was ich am besten kann: Ich laufe. Ich laufe und laufe und laufe, Zweige greifen nach mir, schlagen mir ins Gesicht, bis der Dschungel sich lichtet und ich auf einer Straße stehe. Es ist sehr dunkel, schwarz wie ein tiefer See ohne Boden, ich kann dieser Straße nur folgen, indem ich mit meinen Socken fühle. Wie in Trance gehe ich diese gerade platte Straße entlang, das einzige Geräusch ist mein Herz, das in meiner Brust hämmert wie ein Maschinengewehr. Ich kann nur daran denken, wie schlecht ich bin, dass ich den Tiger in meinem Herzen niemals bezähmen kann, dass ich nur weglaufen kann: vor den Leuten, die ich hasse, wie die gemeinen Kinder in der Schule, vor den Leuten, die ich liebe, wie Peter, vor den Leuten, die mir helfen wollen, wie die Sprachlehrerin in der Schule.

Ich bin wie Gift, ich zerstöre alles, was ich berühre.

Plötzlich höre ich ein lautes Geräusch, und grelle Scheinwerfer rasen wie eine Bombe auf mich zu. Ich springe zur Seite und spüre einen starken Sog. Dann verstehe ich. Der Sog kommt von einem Lastwagen. Jetzt weiß ich wieder, dass ich in Amerika bin.

Trotzdem kann ich nur weiterlaufen. Laufen und nachdenken, was ich tun soll. Ich kann nie wieder zurück zu Peter, nach dem, was ich getan habe. Ich kann auch nie wieder zurück nach Kambodscha. So angestrengt ich auch denke, ich finde keinen Ausweg. Bis ich schließlich ein bisschen Hoffnung sehe.

Die Hoffnung, dass noch ein Lastwagen kommt. Die Hoffnung, nichts mehr zu spüren, keinen Schmerz, keinen Zorn, keine Scham. Keine Kinder in der Schule mehr, die sich über mich lustig machen, summen, mich Affe nennen, keine Zunge mehr, die nicht Englisch sprechen kann, keine Zunge, die nicht sagen kann, was wirklich in meinem Herzen ist. Keine Albträume mehr von Leichen, Blut und Töten. Die Hoffnung auf einen weiteren Lastwagen, auf das Gefühl von Reifen, dicken Lastwagenreifen, die über mich rollen, mich verschwinden lassen, kein Arn mehr, nur ein schwarzer Fleck auf der schwarzen Straße.

Dann sehe ich vor mir ein paar Häuser, alles ist dunkel, die Fenster sind schwarz, alle schlafen, selbst die Ampel blinkt nur ganz langsam, und ich fühle mich müde, müde, ich will nur noch mein weiches Kissen, mein weiches Bett in Peters Haus. Ich gehe in die Stadt, denke an die Leute in New Hampshire und ihre warmen Häuser, alle liegen in Decken gewickelt in ihren Betten und träumen, träumen ihren amerikanischen Traum, von der Mall und McDonald's, und ich stehe draußen, mit klappernden Zähnen und weiß nicht, was ich tun soll.

Auf einem leuchtenden Schild vor mir steht »TV«. Dieses Wort kenne ich. Außerdem steht da »free«. Das Wort habe ich gelernt, nachdem wir in der Mall waren, damit ich weiß, wofür man bezahlen muss und was umsonst ist. Außerdem steht da ein Wort, dass ich nicht kenne: Motel. Aber ich verstehe, an diesem Ort gibt es Free-TV, und meine Füße gehen einfach darauf zu. Die Tür öffnet sich wie durch Zauberei, schiebt sich einfach auf. Drinnen sind keine Fernseher, auch keine Menschen, nur ein Tresen und eine Kasse wie in der Mall, aber es ist warm hier, warm wie in Kambodscha, wo die Luft so warm ist wie deine Haut, so warm, dass ich mich einfach auf den Teppich fallen lasse und einschlafe.

* * *

Ich weiß nicht, wie spät es ist, aber ich spüre, dass Menschen um mich herumlaufen, glänzende schwarze Schuhe laufen an meinem Kopf vorbei, sehr eilig, und ich wache auf, erschrecke, als ein Mann mich anbrüllt: »Raus! Raus!« Ich springe auf, sehe nun mit klaren Augen mein blutiges Hemd und laufe aus der Zaubertür, wieder in die Kälte. Es ist kalt und noch ein bisschen dunkel, grau, die ganze Welt in Schatten. Und neblig, wie eine große Wolke am Boden, so dass man nicht weit sehen kann.

Ich gehe in diese Wolke hinein, die Hand ausgestreckt, damit ich fühle, was vor mir ist, aber ich sehe nur Nebel, noch mehr Nebel und die Umrisse von Menschen. Ich sehe meine Schwestern, meinen kleinen Bruder, ich sehe Menschen auf dem Weg in den Mangohain – den alten Musiklehrer, die Gefangenen mit auf dem Rücken gefesselten Händen –, Menschen, die erschossen wurden, Menschen, die ich getötet habe, sie alle fliegen wie Geister um mich herum.

Dann höre ich das Geräusch von eimem Funkgerät, ein Rauschen und eine Stimme und sehe vor mir im Nebel ein Polizeiauto. Jetzt kommt die Polizei, um mich zu erschießen, um mich wegen all der schlimmen Dinge zu töten, die ich getan habe. Ich denke: Wenn die Kugel mich trifft, werde ich dann wie all die anderen aussehen, wenn das Betteln aufhört, die Hoffnung in ihren Augen stirbt und die Ruhe kommt, das Warten? Der Polizist fährt vorbei, sieht mich an, und ich frage mich, wie die Kugel sich anfühlt, wenn sie kommt, vielleicht wie Erleichterung? Freude? Nichts?

Aber der Polizist sieht mich gar nicht, er sieht mich genau an, aber er sieht durch mich hindurch, er fährt einfach weiter. Ich lache laut über ihn. Dummer Polizist. Wie will er mich finden, wenn er in seinem Auto bleibt? Um jemanden zu jagen, muss man ihm nahe kommen und seinen Schweiß riechen und sich nicht in einem großen amerikanischen Auto verstecken.

Jetzt ist es meine Aufgabe, ihn zu jagen, ihn in dieser Wolke zu finden, zu seiner Pistole zu gehen und die Kugel zu rufen.

Ich trete aus der Wolke heraus und sehe ein Stück

weiter ein rotes blinkendes Licht, das Polizeiauto hat angehalten, und der Polizist leuchtet mit einer Taschenlampe. Ich gehe auf das Licht zu, schnell, ohne anzuhalten, ohne nachzudenken. Dieses Mal sieht mich der Polizist, er leuchtet mir genau in die Augen.

»Keine Bewegung«, sagt er.

Ich gehe weiter.

»Keine Bewegung«, sagt er und legt die Hand an seine Pistole. »Stehen bleiben.«

Ich bleibe nicht stehen. Ich gehe geradewegs auf ihn zu, näher und näher, bis ich ihn riechen kann, seinen Geruch nach Kaffee, Ledergürtel, Haaröl. Ich lege meine Arme um ihn, meinen Kopf auf seine Brust. »Bring mich nach Hause«, sage ich. »Bitte.«

* * *

Peter wickelt mich in eine Decke und weint. Shirley weint auch, alle weinen bis auf Sojeat, sein Gesicht ist geschwollen, und seine Augen sind voller Zorn.

Peter nimmt mich mit auf sein Zimmer und schließt die Tür, und ich warte auf die Schläge. Aber Peter nimmt mich nur in die Arme, hält mich lange Zeit fest und wiegt mich wie ein Baby.

»Gott sei Dank, Gott sei Dank«, sagt er.

Wie kann ich diesem Mann, der so viel für mich getan, der mir das Leben gerettet hat, wie kann ich ihm sagen, dass ich die ganze Zeit an Menschen denke, die gestorben sind, an Menschen, die ich getötet habe? Er hat mich aus dem Lager geholt, und ich habe gedacht, ich könnte den Tod hinter mir lassen, in Kambodscha. Wie kann ich ihm sagen, dass sie mir bis hierher gefolgt sind? Wie kann ich ihm sagen, Peter, du bist ein guter Mann, aber ich bin schlecht. Ich kann nur denken: Ich will sterben. Ich will töten.

»Es tut so weh«, sage ich. Ich sage es in Khmer, die Worte kommen einfach aus mir heraus.

Peter guckt besorgt. »Was tut weh?«

Ich zeige auf meine Brust. »Mein Herz. Wie ein Tiger«, sage ich, »mein Herz ist wie ein Tiger in meiner Brust, kratzt an meinen Rippen, um auszubrechen. Es ist so viel Hass darin, dass es wehtut. Hass auf die Menschen, die meine Familie getötet haben, Hass auf die Menschen, die meine Freunde getötet haben, Hass auf mich selbst.«

»Warum lebe ich?«, frage ich Peter. »Warum lebe ich, und so viele Menschen mussten sterben?«

»Ich habe es dir gesagt«, sagt Peter. »Du bist auserwählt.«

Ich verstehe nicht.

»Arn, du wirst allen erzählen, was in Kambodscha passiert ist«, sagt er.

»Wozu?«, frage ich. »Meine Familie ist trotzdem tot, meine Freunde sind trotzdem tot, meine anderen Freunde sind trotzdem noch im Lager.«

»Du erzählst deine Geschichte«, sagt Peter, »um die Menschen zu retten, die noch in Kambodscha sind. Aber auch, um dich selbst zu retten. Darüber zu sprechen, deine Geschichte zu erzählen, ist ein Weg, dich für das Leben zu entscheiden. Du bist bei den Lebenden. Nicht bei den Toten.«

Der Gedanke legt sich um mich wie eine warme Decke. Er beruhigt meine zitternden Knochen, und ich verstehe. Solange du kämpfst, denkst du nur ans Überleben. Solange du überlebst, fragst du dich, warum du nicht stirbst. Aber jetzt kann mein Leben anders werden. Hier in Amerika muss ich nicht kämpfen. Ich muss nicht überleben. Ich kann mich für etwas anderes entscheiden: für das Leben.

18

New York City
1984

Ich atme tief ein und fange an. »Ich heiße Arn«, sage ich. »Ich komme aus Kambodscha.«

Ich halte eine große Rede. Meine eigene Rede, keine, die Peter geschrieben hat. Ich habe lange Englisch gelernt, jeden Morgen das ABC mit Shirley, jeden Tag mit Pat, der Sprachlehrerin in der Schule, aber das meiste habe ich aus dem Fernsehen, *Duke of Hazard* und *A-Team*. Ich habe so viel gelernt, dass ich sogar die Highschool abgeschlossen habe. Und jetzt bin ich eingeladen, in einer großen Kirche in New York City zu sprechen, St. John the Divine. Es sind viele Menschen da, zehntausend Leute, hat Peter gesagt, und viele wichtige Personen, ein Mann namens Desmond Tutu, ein Sänger namens James Taylor und ein Mann von der *New York Times*. Alle warten darauf, dass ich rede.

Ich beginne sehr langsam, sehr vorsichtig. Ich erzähle ein bisschen von meinem Leben vor den Roten Khmer, wie ich mit meinem Bruder Twist getanzt, wie ich mit Hong Frösche gefangen habe. Dann erzähle ich, wie alle Menschen die Stadt verlassen mussten, von den Leichen am Wegrand, wie ich von meiner Familie getrennt wurde und dass sie wahrscheinlich alle tot sind. Meine Geschichte fließt aus mir heraus, ich erzähle von den Kindern, die verhungert sind, von den Axtschlägen, von den Menschen, die aus dem Grab nach mir riefen. Da passiert etwas. Auf dem Blatt, das ich halte, sind Wassertropfen, die Tinte verläuft. Und meine Stimme, meine kontrollierte amerikanische Stimme, bricht und stirbt in meinem Hals. Ich habe nie geweint, nicht ein einziges Mal in all den Jahren. Seit ich elf Jahre alt war, bis jetzt, nicht eine Träne. So viele Jahre lang habe ich alle Tränen in mir getötet. Nach dieser langen Trockenzeit kommt nun endlich der Regen.

Der freundliche Mann, der mich vorgestellt hat, fragt, ob ich aufhören will. Ich sage, nein, ich will meine Rede zu Ende halten. Jetzt strömen die Worte aus mir heraus, sie kommen nicht ordentlich, sie kommen mit Schluchzern, mein Körper zittert wie im Fieber, Tränen laufen mir von der Nase, dem Kinn, auf mein Hemd, mein Kragen ist ganz nass, als ich schließlich fertig bin.

Es ist ganz still, ein riesiges Schweigen im Saal, wie das erste Mal, als wir für die Roten Khmer Musik gemacht haben und den Atem anhielten, weil wir nicht wussten, ob wir leben oder sterben würden.

Ein Klatschen. Dann noch eins, dann klatschen viele, viele Hände, klatschen wie Donner, als würde die Kirche in ihrem Innersten tosen. Und oh, dieses Geräusch hebt mich hoch, wie auf den Gipfel eines Berges. Ich sehe nach unten auf die vielen Menschen, Amerikaner, Männer und Frauen, Jungen und Mädchen, selbst der Mann von der *New York Times*, und all diese Menschen weinen auch.

Und langsam legt sich der Tiger in meinem Herzen nieder und ruht sich aus.

Epilog

Seit diesem Tag im Jahr 1984 spricht Arn Chorn-Pond über den Völkermord in Kambodscha. Als Vertreter von *Amnesty International* und *Children of War* ist er um die Welt gereist und hat mit Rockstars wie Sting, Peter Gabriel und Bruce Springsteen auf der Bühne gestanden. Er hat Könige und Präsidenten getroffen – einschließlich Jimmy Carter, dessen Frau Roslyn an seiner Bettkante im Krankenhaus in Thailand gesessen hatte.

In den 80er und 90er Jahren ist Arn viele Male nach Kambodscha gereist – einmal, um die Freigabe von zehntausend Geiseln der Roten Khmer zu erwirken. Zusammen mit der Prinzessin von Kambodscha, in die er als kleiner Junge verliebt war, besuchte er kambodschanische Flüchtlinge, die noch immer in Lagern in Thailand lebten, um den Kindern traditionelle Lieder aus ihrem Heimatland beizubringen.

Bei einem dieser Besuche organisierte er eine Aktion, bei der Hunderte Kinder Kriegstrümmer in Phnom Penh beseitigten. Eine Frau kam auf ihn zu. Es war seine zweitälteste Schwester Maly. Bei einer Rede in Lowell, Massachussets, wo Arn mit Jugendgangs arbeitete, kam eine weitere Frau aufs Podium. Es war seine Schwester Jurami, die ihm sagte, dass auch ihre Tante überlebt hatte. Sie starb kurz nach dem Wiedersehen mit Arn. Der Rest der Familie ist umgekommen.

Kha und Siv haben ebenfalls überlebt; die anderen Mitglieder der Musikgruppe sind alle verschollen oder gestorben. Runty wurde von einer Familie in Kambodscha adoptiert.

Sojeat und Ravi leben beide in den USA. Peter Ponds Familie hat nach und nach siebzehn Kinder aus Kambodscha adoptiert.

Sombo lebt mit seiner Frau und seinen Kindern im Norden des Landes in einer Enklave, wo bis heute Tausende Rote Khmer leben. Koong, der Junge, den Sombo an die thailändische Grenze getragen hat, überlebte ebenfalls und wurde von einer kanadischen Familie adoptiert.

Arn traf sie nach und nach alle wieder. Doch obwohl er über zwölf Jahre lang suchte, konnte er Mek nicht finden. Dann sah er eines Tages bei einem Besuch in Battambang einen Straßenfriseur. Es war Mek – der Arn ebenso verzweifelt gesucht hatte. Er war nur wenige Tage nach Arns Abreise in das Flüchtlingslager in Thailand gekommen.

Weil er Mek helfen wollte, wieder als Musiker zu arbeiten, begann Arn nach anderen Musikern zu suchen, die Pol Pot überlebt hatten. Mit Hilfe von Geldern, die er bei öffentlichen Reden verdiente, gründete Arn 1998 die Organisation *Cambodia Living Arts*. Heute reisen Musiker der CLA durch Kambodscha und bringen Kindern die traditionelle Musik bei, die ohne sie verlorengegangen wäre.

Nachwort der Autorin

Über einen Zeitraum von zwei Jahren habe ich Hunderte Stunden mit Arn Chorn-Pond verbracht – bei mir zu Hause in langen, aufreibenden Interviews, in New England bei Gesprächen mit seiner Adoptivfamilie und in Kambodscha, wo wir jeden seiner Schritte während der drei Jahre, acht Monate und 20 Tage unter dem Regime der Roten Khmer rekonstruierten.

Mit Hilfe eines Übersetzers interviewte ich Kha, Siv, Mek und andere Überlebende sowie »Frau Gehtinsbett«, die Frau, die im Flüchtlingslager in Thailand gearbeitet hatte. Wir reisten sogar in einen entlegenen, noch immer unter der Herrschaft der Roten Khmer stehenden Teil des Landes und verbrachten einen Tag mit Sombo. Und ich stellte Arn schwierige, bohrende Fragen zu seinen Taten – den heldenhaften wie den schrecklichen. Ich habe, so weit das möglich ist, die Wahrheit seiner Geschichte geprüft.

Dann schrieb ich seine Geschichte als Roman auf. Wie viele Überlebende traumatischer Ereignisse kann Arn sich bestimmte Erfahrungen unglaublich genau ins Gedächtnis rufen, andere nur sehr vage. Er kann das schaurige »Klicken« beschreiben, wenn man auf eine Landmine tritt, und den abscheulichen Gestank eines abfaulenden Beins. Aber den Namen des Mädchens, das sein Bein verloren hat, oder wann und wo der Angriff stattfand, weiß er nicht mehr. Deshalb habe ich seine Erinnerungen mit meinen eigenen Nachforschungen verknüpft und meine Vorstellungskraft genutzt, um die fehlenden Puzzleteile zu ergänzen. Ich denke, die Wahrheit liegt genau zwischen den Zeilen.

Manchmal, wenn Arn aus seiner Kindheit erzählt, scheint er wieder der kleine Junge von damals zu sein. Er spricht mit solcher Dringlichkeit, manchmal mit greifbarem Entsetzen. Aber wenn er davon spricht, wie die Musik sein Leben gerettet hat, von seinem Einsatz zur Wahrung der traditionellen Musik Kambodschas oder von seinem Glauben an die Macht der Vergebung – dann strahlt er.

Diese Stimme einzufangen war ähnlich schwierig, wie ein Glühwürmchen in ein Glas zu sperren. Wann immer ich sie in starre Regeln zwängen wollte, ging das Licht aus. Deshalb hielt ich mich beim Aufschreiben von Arns Geschichte an seine eigene schöne Stimme. Das Ergebnis, so hoffe ich, fängt sein mutiges und unvergessliches Wesen ein.

Danksagung

Zuerst möchte ich meine kambodschanische Familie würdigen, die ich kaum kannte: meinen Großvater Chhit Leung, meine Großmutter Yeay Heur, meinen Vater Chhit Jawn, meine Mutter Ki Savinh und meine Tante, die mich aufzog, Kiet Yeum. Ich möchte meine Schwestern würdigen, die überlebt haben, Chhit An und ihre Familie, Ny Loeung, Vichhai, Bo, Vichara, Chussets, Jon und Lap; und Chhit Anne und ihre Familie, Phat, Pha, Ramon und Ravi, sowie alle meine anderen Familienmitglieder, die Lebenden wie die Toten.

Von ganzem Herzen möchte ich meiner amerikanischen Adoptivfamilie und meiner Khmerfamilie danken: meinem Vater, dem verstorbenen Peter L. Pond, und seinen Kindern; meiner Mom, Shirley Pond, und ihren Kindern; und allen meinen anderen adoptierten Brüder und Schwestern.

Vielen, vielen Dank den guten Freunden und Ratgebern, die mich in all diesen Jahren unterstützt und geliebt haben, wie der verstorbene Somdech Maha Ghosananda, ein guter Freund meines Adoptivvaters; Prinzessin Buppha Devi von Kambodscha, die ich zum ersten Mal 1980 im Flüchtlingslager in Thailand getroffen habe, bevor ich in die USA kam, und die mich später in Kambodscha als Kultur- und Kunstministerin empfing; Judith Thomson und Reverend Paul Mayer, die mir geholfen haben, die Organisation *Children of War* ins Leben zu rufen; allen, die mir und meinem Adoptivvater geholfen haben, die Organisation *Cambodian Volunteers for Community Development* zu gründen, Judge Mark Wolf, Judy Jameson und der verstorbene Pater Cunningham, ehemaliger Präsident des Providence Colleges; John Burt und Alan Morgan, meine Mitbegründer der NGO *Cambodian Living Arts* (CLA); Charley Todd und Ingrid Martanova, ehemalige CLA-Vizepräsidenten; Dickon Verey, aktueller CLA-Präsident; und den vielen internationalen Spendern und Unterstützern der CLA, vor allem Martin Dunn, Scot Stafford, Wendy van den Heuvel, Libet Johnson, Alison Van Dyk, Henry Chalfant, Alec und Anne White, Peter Gabriel und Dickie Chapel, Theary Seng, Phloeun Prim, Familie Burt und meinem Lehrer, Meister Yuen Mek. Danke an *Jodi Solomon Speakers*, die mich seit über zehn Jahren als Redner unterstützen; der NGO *World Education*, die meine Idee, kambodschanische Künstler zu fördern, aufnahmen und ihr Struktur gaben; das *Marion Institut*, das die *Cambodian Living Arts* heute als eines ihrer größten Programme betreut.

Ich will die herausragenden kambodschanischen Musiker Chinary Ung, Sam Ang Sam, Him Sophy und Khuon Sithisak würdigen; den Künstler Chathpier-Sath; die Regisseurin des Dokumentarfilms *The Flute Player*, Jocelyn Glatzer; und den Gründer und Leiter des *Documentation Center* Kambodschas, Youk Chang. Mein besonderer Dank gilt Thon Seyma, Nanda Shewmangal und Ker Lee.

Und schließlich möchte ich Patty McCormick danken, die den Figuren in meinem Buch Leben eingehaucht hat – darunter vielen Kindern, die durch die Roten Khmer getötet wurden. Ich will ihnen mit diesem Buch die letzte Ehre erweisen, und ich will sie wissen lassen, dass sie in meinem Herzen weiterleben, und jetzt auch in diesen Seiten.

Arn Chorn-Pond
Kambodscha, 2012